Universale Economica Feltrinelli

ROBIN NORWOOD
UN PENSIERO AL GIORNO
(per donne che amano troppo)

Traduzione di Valentina Salvia

Feltrinelli

Titolo dell'opera originale
DAILY MEDITATIONS
FOR WOMEN WHO LOVE TOO MUCH

Traduzione dall'inglese di
VALENTINA SALVIA

Prima edizione nell'"Universale Economica" maggio 1998
Settima edizione aprile 2009

Stampa Grafica Sipiel Milano

ISBN 978-88-07-81490-7

Ringraziamenti

Anzitutto, vorrei ringraziare Robin Norwood per avermi dato la possibilità di illustrare le sue splendide intuizioni. Vorrei ringraziare anche Joel Fotinos, il nostro editor, per la sua guida paziente e la sua rara capacità di risolvere i problemi.

Richard Torregrossa

A Barb A.
che ha gettato il seme

Prefazione

L'idea di scrivere questo libro è nata conversando con una donna che aveva tratto grande beneficio dalla lettura e dallo studio di *Donne che amano troppo*. Mi disse che un libro di riflessioni quotidiane le sarebbe stato di grande aiuto nel suo tentativo di emanciparsi dagli atteggiamenti di dipendenza relazionale, a cui si era attenuta per tutta una vita.

Oggi, tenete in mano il risultato di quel suo suggerimento: un manuale di pronto soccorso per aiutarvi a mantenere salute mentale, serenità e senso dell'umorismo nella ricerca di un approccio più sano alla vita e all'amore. Le illustrazioni di Richard Torregrossa contribuiscono piacevolmente ad alleggerire la serietà dell'argomento trattato e, allo stesso tempo, danno a queste annotazioni giornaliere un contesto sorprendentemente familiare, e insieme gettano una luce nuova sulle nostre riflessioni.

La maggior parte dei pensieri annotati in ogni pagina sono concisi ed essenziali, dosi necessariamente piccole di un nuovo modo di pensare per affrontare i passi, necessariamente brevi, che facciamo, uno per volta, per cambiare la direzione della nostra esistenza.

Robin Norwood
Santa Barbara, marzo 1997

Chiedere a un uomo di illustrare un libro scritto da una donna per altre donne a prima vista può sembrare una scelta strana. Tuttavia, ciò che ho trovato straordinario in questo libro è che gli argomenti dibattuti, sebbene scritti secondo una prospettiva femminile, trascendono l'essere uomo o donna. La ricerca d'amore, il bisogno di spiritualità e l'eterno enigma delle relazioni sono tutti temi di grande interesse tanto per gli uomini che per le donne. Questo libro, allora, è per tutti coloro che desiderano capire meglio se stessi e le persone che cercano di amare.

Richard Torregrossa
San Diego, marzo 1997

UN PENSIERO AL GIORNO

(per donne che amano troppo)

Quando essere innamorate significa soffrire, allora stiamo amando troppo.

"Amare" diventa "amare troppo" quando il vostro partner non è quello giusto, non si occupa di voi, non è emotivamente disponibile e, ciò nonostante, non riuscite a lasciarlo: anzi, lo desiderate e lo amate ancora di più.

Un conto è fare una o due scelte sbagliate nella propria vita sentimentale, il che è perfettamente normale, un altro è soffrire di una vera e propria malattia: la dipendenza relazionale.

4 Gennaio

Ogni volta che cerchiamo di imporre la nostra soluzione al problema di un altro, allora stiamo amando troppo.

Noi donne che amiamo troppo ci comportiamo come se l'amore, la considerazione e la stima non valessero nulla, a meno che non ci riesca di estorcerli a uomini che, per motivi e preoccupazioni personali, non sono in grado di offrirceli.

Al pari di chi mangia compulsivamente, noi donne che amiamo troppo dobbiamo imparare a fare in modo sano ed equilibrato ciò che prima facevamo in modo ossessivo. Poiché mangiare e avere relazioni sono entrambi aspetti essenziali del vivere, non si può tracciare una netta linea di demarcazione e, in base a quella, individuare un comportamento "normale".

La guarigione, pertanto, non è questione di passaggio da un estremo all'altro, quanto di gradazione, rispetto alla nostra condizione e al nostro atteggiamento di prima.

Il primo passo consiste nell'essere *disposte* a trasferire l'energia e gli sforzi, che prima impiegavamo nel tentativo di cambiare gli altri, nel tentativo di cambiare noi stesse.

Si deve guarire dall'amare troppo per il proprio bene; tuttavia può capitare che gli effetti benefici della guarigione siano così evidenti e invitanti da attrarre altri sulla stessa strada.

La guarigione può essere tanto contagiosa quanto lo sono la dipendenza e la codipendenza.*

*Dipendenza da un partner dipendente. [*N.d.T.*]

Se davvero vogliamo rinunciare ad amare troppo, per prima cosa dobbiamo agire sui nostri comportamenti, poi sui nostri pensieri e infine sui nostri sentimenti. Se aspettiamo di provare sentimenti diversi prima di comportarci in modo diverso, non cambieremo né troveremo mai una via d'uscita.

10 Gennaio

Nessuna di noi ha l'esclusiva sui segreti più torbidi e le perdite più terribili. Sono i segreti che nascondiamo che ci impediscono di guarire.

È un atto di irresponsabile autoindulgenza citare le vicende della nostra infanzia come *alibi* per i nostri comportamenti, gli atteggiamenti e le caratteristiche che ci fanno soffrire.

Le situazioni difficili e gli effetti indesiderati di quegli anni ci offrono la *chiave* per capire quelle condizioni che, nel corso della vita, dovremo riuscire ad analizzare, superare, comprendere e perdonare.

Il dolore è il più saggio dei consiglieri che bussa alla nostra porta.

Non potete cercare di risolvere da sole un problema per il quale voi che cercate aiuto state ancora soffrendo.

Più che un aiuto in voi stesse, dovete cercare un aiuto spirituale; meglio mettersi nelle mani di Dio piuttosto che confidare ancora nella forza di volontà.

Nessuno ci può sollevare dai doveri che la nostra coscienza ci impone. I guai vengono quando cerchiamo di evitare o posticipare questi doveri.

Magari da bambine abbiamo imparato che recitare le preghiere è segno di devozione verso Dio e, se Egli ci giudica sincere, può darsi che esaudisca i nostri desideri.

Malgrado il bagaglio di esperienza dell'età adulta, quando ci capita di pregare lo facciamo con lo stesso spirito di allora.

La preghiera, tuttavia, non è un mezzo per placare Dio, restare nelle Sue grazie e ottenere ciò che desideriamo. Il Potere Superiore non ha bisogno delle preghiere, non si arrabbia o resta deluso se non le recitiamo. Non siamo obbligate a pregare. La scelta è assolutamente libera.

Quando preghiamo, ci innalziamo a un livello di amore, saggezza, comprensione e sostegno ben più alto del nostro.

Quando preghiamo, ci aiuta una Forza che può fare per noi ciò che noi, da sole, non siamo in grado di fare.

Quando preghiamo, sottomettendo la nostra volontà a quella del Potere Superiore, vivere diventa più semplice e godiamo di maggiori libertà, serenità e pace.

Nessun terreno è così "scivoloso" come quello relazionale per le donne virtuose e senza macchia. La maggior parte delle alcoliste sobrie che vi "scivolano" lo fanno sopra un uomo.

A volte, amiamo troppo anche i bambini.

Quando un genitore esagera nel prendersi cura di un figlio, il bambino viene caricato della responsabilità di garantire il benessere al genitore.

18 Gennaio

A volte, quando le persone ci lasciano, le situazioni si modificano o le cose cambiano, ce ne addoloriamo e temiamo di non poterci rassegnare; in realtà, questo accade solo perché non siamo in grado di scorgere il bene maggiore che ci attende.

19 Gennaio

Uno dei compiti più difficili da affrontare durante la guarigione è quello di imparare a non dire e non fare *niente*. Quando la vita dell'altro è ingestibile, quando vi sentite praticamente in dovere di assumerne la direzione, di consigliarlo e incoraggiarlo, cercando di modificare a tutti i costi la situazione, dovete imparare a resistere e rispettare l'altro abbastanza da permettergli di combattere da sé la sua battaglia. Il vostro compito consiste nell'affrontare le paure che avete rispetto a ciò che potrebbe accadere a lui e al vostro rapporto se non doveste più farvi carico di tutto; e, poi, nel progressivo azzeramento delle vostre paure rinunciando a far di lui l'oggetto del vostro intervento.

Alcuni rapporti caratterizzati da forte dipendenza sono tra persone dello stesso sesso.

21 Gennaio

A volte, noi donne che amiamo troppo ci compiacciamo del ruolo di attrice non protagonista interpretato nei drammi e melodrammi che compongono la nostra vita.

Credere di aver avuto l'infanzia *più triste*, l'amante *più pericoloso* o l'esperienza *più scioccante* può essere un espediente per sentirsi importanti e attirare l'attenzione altrui. La via del recupero può apparirci triste e monotona al confronto.

Quando smettiamo di amare troppo, i nostri problemi relazionali non si risolvono automaticamente; abbiamo però rimosso un grosso ostacolo che ci impediva di affrontare tutti gli altri problemi in modo equilibrato e produttivo.

23 Gennaio

Piuttosto che trovare l'uomo ideale, il nostro obiettivo principale dovrebbe essere quello di mantenere la serenità e il benessere. Infatti, solamente in una condizione di equilibrio saremo in grado di cercare un compagno con cui instaurare un rapporto paritario: meglio stiamo con noi stesse, meno dipendiamo dal partner e più siamo in grado di scegliere qualcuno che non sia a sua volta in crisi e in cerca di aiuto.

Possiamo risolvere i nostri problemi in mille modi, a condizione di non illuderci sulle possibilità della nostra forza di volontà, di non indulgere all'autocommiserazione e di rinunciare all'idea di poter attingere tutta la nostra felicità a una fonte esterna, per esempio un uomo.

Una delle caratteristiche primarie dell'amare troppo è un'assoluta dipendenza, spesso mascherata da forza apparente.

26 Gennaio

Quando qualcuno che ami è nei guai, domandati: "Di chi è il problema?".

Il tuo problema non è tanto legato ai suoi guai, quanto alla tua sofferenza nel vederlo star male. O rinunci all'idea di dovergli trovare tu la soluzione, o smetti di guardare.

27 Gennaio

Rinunciare al controllo di chi vi sta vicino può provocarvi inizialmente la sensazione fisica di cadere da una rupe. Vi sembrerà di aver perso il controllo di voi stesse e avrete paura. In questo caso, ricorrere alla preghiera può esservi d'aiuto perché, invece di precipitare nel vuoto, potete affidare a una Potenza Superiore voi stesse e coloro che amate.

Poiché le persone affette da dipendenza relazionale hanno bisogno di sentirsi necessarie, in effetti noi rischiamo di impedire agli altri di crescere, assumendoci le loro responsabilità.

Ricordatevi: la vita di un'altra persona è nelle mani di Dio, *proprio come la vostra*.

La maggior parte dell'alienazione e delle angosce di cui soffrite sono conseguenza diretta del tentativo impossibile di controllare e dirigere il vostro uomo e la sua vita. Pensate a tutti i tentativi che avete fatto: la serie infinita di discorsi, suppliche, minacce, ricatti, forse persino violenze. Ricordate come vi siete sentite dopo ogni tentativo fallito: meno autostima, più angoscia, più sfiducia, più rabbia. L'unica via d'uscita è lasciar perdere, perché lui non cambierà mai, nonostante le vostre pressioni. Se vi dovesse mai capitare di sentirgli dire che siete voi il motivo per il quale abbandona un particolare vizio, alla fine scoprirete che vi addebiterà anche la colpa per averlo riacquisito.

Per molte di noi, la chiave della guarigione sta nell'imparare a fare esattamente il contrario di ciò che abbiamo sempre fatto.

Imparate a vivere evitando di concentrarvi su un uomo come la fonte o la soluzione di tutti i vostri problemi.

Il modo migliore per affrontare il futuro è quello di acquisire una maggiore comprensione e accettazione di voi stesse e di tutti coloro che vi sono vicini.

Commettiamo un grande errore quando facciamo una richiesta esplicita al Potere Superiore a proposito di un uomo preciso, o di una cosa materiale, o di un certo obiettivo, in quanto noi, a differenza del Potere Superiore, non possiamo sapere quale sia in realtà il nostro bene più grande.

I nostri impegni più solenni dovrebbero sempre essere sollecitazioni a dilatare e a indirizzare lo spirito piuttosto che essere richieste a misura del proprio io, concernenti una cosa, un evento o una persona precisi.

Quando vi confrontate con qualcuno da cui vi attendete un certo tipo di risposta, non vi state confrontando affatto; state solo implorando, forse con astio.

Più bisogno avete di una determinata reazione da una persona, più il vostro equilibrio psicofisico dipende da questa, e maggiori sono le probabilità di scontrarsi contro il muro delle sue difese.

4 Febbraio

Pregate per ricevere la volontà, la forza e il coraggio di guardare onestamente in faccia il vostro passato e il ruolo che vi avete sinora giocato.

La psiche, di fronte a questo sforzo di pulizia, farà la sua parte e tirerà fuori i dolori sepolti nel passato, in modo da liberarsene consapevolmente.

Quando avremo veramente voglia di venire a patti con il nostro passato, una grande comprensione si farà strada e il dolore del passato svanirà.

Guarire dall'amare troppo richiede un lavoro spirituale molto duro, che ci impone di abbandonare vecchi e spesso a noi molto cari rancori e autogiustificazioni.

6 Febbraio

Nel cammino verso la perfezione, le nostre anime scelgono le condizioni di vita attraverso cui avranno l'opportunità di raggiungere l'obiettivo. Questo è il motivo per cui in nessun insegnamento spirituale troverete scritto che potete addebitare a qualcun altro la colpa della vostra condizione presente.

Quando smettete di prendervi cura di lui e iniziate a prendervi cura di voi stesse, l'uomo che vi sta vicino potrebbe arrabbiarsi e accusarvi di trascurarlo. La sua rabbia è conseguenza diretta della paura di doversi assumere le proprie responsabilità. Fino a quando ha la possibilità di litigare con voi, farvi promesse, cercare di riconquistarvi, la sua lotta è proiettata all'esterno, contro di voi, e non all'interno, contro se stesso. Restituitegli la sua vita e riprendetevi la vostra.

A volte, le persone affette da dipendenza relazionale preferiscono rapporti immaginari a quelli reali, con persone in carne e ossa.

Scegliere persone con le quali non è possibile instaurare un rapporto è un ottimo espediente per evitare le prove della relazione.

La rabbia e l'odio nei confronti di un'altra persona ci legano a essa con vincoli d'acciaio.

Se non riusciamo a perdonare, non saremo mai in grado di interrompere quella relazione impropria o riallacceremo relazioni dello stesso tipo, rivivendo continuamente il nostro dramma.

Perdonando e chiedendo perdono (o più semplicemente scusandosi) spezziamo quei vincoli, ci liberiamo e, allo stesso tempo, liberiamo gli altri.

Se la vostra anima deve imparare l'arte del perdono, dovete prima sperimentare l'imperdonabile. Altrimenti dov'è la bravura?

Benedite e perdonate e, almeno nei vostri cuori, *chiedete perdono* a tutti coloro (uomini e donne) con i quali avete litigato e lottato negli anni.

Quando *perdoniamo* davvero, e *rispondiamo al male con il bene*, vuol dire che abbiamo imparato la lezione.

Quando una donna che ama troppo rinuncia alla crociata per far cambiare il suo compagno, lui si trova a dover fare i conti con le conseguenze del proprio modo d'agire. Dato che lei non è più frustrata e infelice, ma va acquisendo un atteggiamento sempre più positivo nei confronti della vita, il contrasto con l'esistenza problematica di lui si intensifica. A quel punto, a prescindere da ciò che lui decide di fare, se una donna accetta il suo uomo per quello che è, diventa libera, in un modo o nell'altro, di vivere serenamente per tutta la vita.

Perdonare non vuol dire permettere agli altri di farci di nuovo del male; significa, tra le altre cose, raggiungere quell'obiettività grazie alla quale non consideriamo più come un fatto personale le azioni determinate dal rapporto che gli altri hanno con noi.

Lungi dal renderci persone deboli che si possono calpestare, il perdono ci libera e ci mette in condizione di non farci più maltrattare.

Tutte le sindromi di dipendenza, compreso l'amare troppo, comportano il tradimento del proprio sistema di valori e l'incapacità di uscirne o cambiare attraverso i propri sforzi personali. Bisogna abbandonare la fiducia nella nostra forza di volontà e invocare l'aiuto di un Potere Superiore.

Nei casi più gravi, noi donne che amiamo troppo soffriamo di dipendenza relazionale; siamo "uomo-dipendenti", votate al dolore, alla paura e allo struggimento. Come se non bastasse, può anche darsi che gli uomini non siano la nostra unica forma di dipendenza.

Non tutte le donne che amano troppo mangiano, bevono, o si drogano troppo, ma per quelle di noi che lo fanno la guarigione dalla dipendenza relazionale deve andare di pari passo con la guarigione da ogni altra forma di dipendenza dalle sostanze, quali che siano, di cui abusiamo.

Si crea un particolare circolo vizioso per cui la dipendenza fisica da una sostanza è rafforzata dallo stress provocato da una relazione morbosa; allo stesso tempo, la dipendenza emotiva da una relazione è rafforzata dall'instabilità emotiva generata dalla dipendenza fisica.

Abbiamo l'abitudine di attribuire alla mancanza di un uomo o alla presenza di un uomo sbagliato le nostre dipendenze fisiche. In realtà, l'uso di sostanze che danno assuefazione ci permette di tollerare le nostre relazioni morbose, attutendo il nostro dolore e privandoci della motivazione necessaria per reagire.

Diamo la colpa di una dipendenza all'altra, abbiamo bisogno di una per affrontare l'altra e il risultato è che non riusciamo a spezzare nessuna delle due.

L'anima ha dato forma a questa vostra vita perché ne impariate la lezione.

Siate grate per tutte le persone che vi sono state maestri.

16 Febbraio

Molte donne commettono l'errore di cercare un uomo con il quale costruire un rapporto, senza prima essere riuscite a costruire un rapporto con se stesse; passano da un uomo all'altro, cercando ciò di cui sentono la mancanza. La ricerca deve cominciare a casa, al proprio interno. Nessuno può amarci abbastanza da appagarci se non amiamo davvero noi stesse; perché, quando nel nostro vuoto andiamo in cerca d'amore, possiamo trovare solo altro vuoto.

Se la nostra dipendenza è la via che ci avvicina a Dio, allora dobbiamo ringraziare di soffrirne.

18 Febbraio

I programmi di recupero "Dodici Passi"* possono costituire la risorsa principale per vincere le dipendenze, compresa quella relazionale, e la terapia individuale può servire da rinforzo, ma non viceversa.

*Programmi di recupero inizialmente promossi dalla "Alcoholic Anonymous", abbreviata "Al-anon" (Alcolisti Anonimi), adottati e in parte modificati dalla "Relationships Anonymous", associazione costituita in gruppi di supporto, formati da persone affette da dipendenza relazionale che combattono la loro malattia con sedute di gruppo. [*N.d.T.*]

Una regola pratica è: maggiori difficoltà incontrate nell'interrompere una relazione che vi fa soffrire, maggiore è il numero dei legami con le vostre sofferenze infantili che questa relazione presenta. Quando amate troppo, probabilmente state cercando di superare vecchie paure, rancori, frustrazioni e dolori dell'infanzia; abbandonare la lotta vi sembrerebbe come rinunciare a una preziosa opportunità per rifarvi di ciò che vi è mancato e dei torti subiti.

Sappiate comunque che, se non cambiate modo di relazionarvi, vi state preparando a una vita adulta di sofferenze pari a quelle subite nell'infanzia; e la vita adulta dura più a lungo dell'infanzia.

Il rischio di contrarre l'Aids attraverso rapporti sessuali occasionali, che sono una componente della disperata ricerca dell'"uomo ideale", ha reso evidente a tutti la natura di rischio mortale propria della dipendenza relazionale.

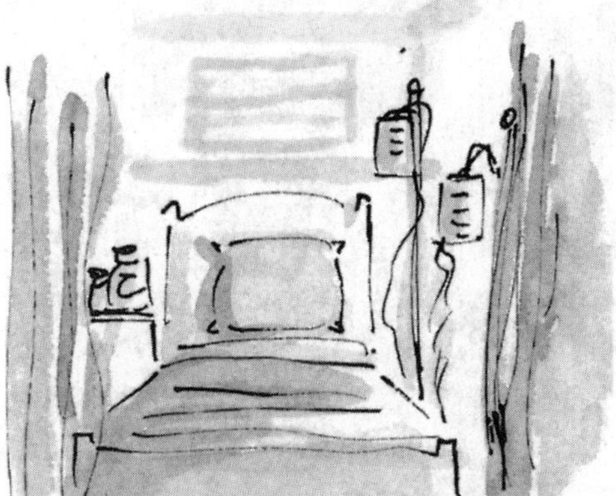

Il desiderio di controllare il proprio partner è spesso alla base delle relazioni che si instaurano per le donne alle prese con uomini molto più giovani, proprio come per gli uomini con donne molto più giovani.

22 Febbraio

Abbiamo pochissimi modelli di persone che si relazionano da pari in modo salutare, maturo, onesto, senza desiderio di prevaricare e manipolare il partner; probabilmente ciò avviene per due motivi. Primo, in tutta onestà, rapporti del genere sono abbastanza rari nella vita reale. Secondo, dal momento che gli scambi emotivi in un rapporto sano sono di solito impercettibili rispetto all'eclatante conflitto di una relazione malata, il loro potenziale drammatico non trova riscontro nelle canzoni, in teatro e nella letteratura. Se siamo afflitte da modalità morbose di relazione, forse questo in parte avviene perché, di fatto, non vediamo altro né conosciamo modelli diversi.

Nessuna relazione vi potrà salvare dal dolore della vostra storia. Sino a quando non sarete riuscite a passare attraverso il dolore, non farete che ripetere la vostra storia.

È ingenuo, oltre che presuntuoso, dire a un uomo cosa dovrebbe fare per stare con voi. Lui è quello che è. Siete disposte ad accettare questo dato di fatto?

Quando il rapporto sessuale è fisicamente molto gratificante, crea legami assai profondi tra due persone. Soprattutto per noi donne che amiamo troppo, l'intensità dei problemi con il partner può contribuire all'intensità del rapporto sessuale, vincolandoci pertanto a lui in misura crescente. Naturalmente, ciò vale anche in senso inverso: quando abbiamo una relazione con un uomo che non rappresenta per noi una sfida particolare, la sfera sessuale può perdere fuoco e passione. Non essendo in perenne stato di eccitazione e non avendo bisogno del sesso come prova di qualcosa, ci può capitare di considerare le relazioni tranquille e serene come insipide. Paragonati al carattere tempestoso delle relazioni che abbiamo conosciuto, questi rapporti più scialbi sembrano dimostrarci soltanto che le tensioni, le lotte, gli affanni e i drammi equivalgono davvero all'amore con la "A" maiuscola.

È un principio spirituale quello secondo cui continueremo a incontrare altri che incarneranno per noi l'occasione di apprendere la lezione che ci sta più a cuore. Quando impareremo a superare i problemi *in noi stesse*, i nostri "insegnanti" scompariranno a poco a poco.

Quando rinunciamo a fare la *nostra* parte di battaglia, la battaglia è perduta.

28 Febbraio

La noia è il sentimento che noi donne che amiamo troppo proviamo quando ci troviamo in compagnia di "bravi ragazzi": niente campane a festa, né missili sulla rampa di lancio, né stelle cadenti. In assenza di eccitazione, ci scopriamo ansiose, irritabili, fuori posto, e proviamo un vago senso di disagio che etichettiamo come *noia*. Le nostre arti relazionali sono addestrate a competere con un uomo, non a godere semplicemente della sua compagnia. Siamo più a nostro agio con partner apatici, emotivamente distanti, poco disponibili o per niente coinvolti, che con quelli fedeli, leali, allegri ed equilibrati.

Ricordate che la maggior parte delle persone dipendenti, qualunque sia la loro dipendenza, lo rimangono a vita. Moltissimi finiscono col morirne.

Cercate di prendere sul serio la vostra dipendenza relazionale, come se si trattasse di un tumore. Siate disposte a qualsiasi sacrificio necessario per uscirne.

Quando accettiamo ciò che non possiamo cambiare e ci impegniamo a cambiare ciò che è nelle nostre possibilità, siamo già sulla buona strada.

Per smettere di amare troppo, dovete rinunciare alla fantasia di essere "colei che fa la differenza" nella vita del vostro uomo. Si tratta in realtà di un *vostro* insano bisogno.

3 Marzo

Il sesso è uno degli strumenti che, noi donne che amiamo troppo, usiamo per manipolare o far cambiare i nostri partner. Ci comportiamo in modo seduttivo per i nostri scopi, ci esaltiamo se funziona o ci deprimiamo se va male. Gli insuccessi non fanno altro che moltiplicare i nostri sforzi per ottenere ciò che vogliamo.

Spesso troviamo molto eccitanti le battaglie che ingaggiamo per trasformare i nostri compagni. Confondiamo ansia, paura e dolore con l'amore e il desiderio sessuale, al punto di chiamare "amore" la sensazione di nodo allo stomaco.

Non fate mai minacce che non siete in grado di mettere in pratica; anzi, meglio non farne affatto.

5 Marzo

A molte di noi è stato insegnato che una buona intesa sessuale è indice di vero amore, e che, per contro, se la relazione nel suo complesso non funziona, i rapporti sessuali non possono essere soddisfacenti e appaganti. Niente di più falso nel caso delle donne che amano troppo. Infatti, per la serie di dinamiche che agiscono a tutti i livelli dei nostri rapporti con gli uomini, compreso quello sessuale, una relazione difficile o impossibile può contribuire a rendere il sesso eccitante, passionale e irresistibile.

Quando ci sentiamo responsabili per il comportamento di un altro e non riusciamo a sopportare il senso di colpa e di angoscia che ne deriva, a quel punto abbiamo bisogno di aiuto *per gestire i nostri propri sentimenti di disagio*, non per gestire la vita dell'altro.

A volte, i nostri familiari e amici ci chiedono insistentemente di spiegare loro come mai qualcuno poco degno di ammirazione e persino di considerazione riesca a suscitare in noi un brivido di attesa e un'intensità di desiderio che non abbiamo mai provato per persone più gradevoli e presentabili. È difficile spiegare che siamo ammaliate dalla prospettiva di far uscire tutte le qualità positive (amore, premure, devozione, onestà e nobiltà) che, ne siamo sicure, dimorano in lui, in attesa di sbocciare al calore del nostro amore.

Come possiamo spiegare di non trovare attraente la persona che lui *è*, ma quella che, grazie a noi, *potrebbe diventare*? Come possiamo ammettere con noi stesse che amiamo qualcuno che non esiste ancora, e siamo affascinate dal nostro potere di dargli forma?

La migliore regola pratica da seguire quando abbiamo a che fare con persone le cui vite sono ingovernabili è astenerci scrupolosamente dal fare per loro *qualsiasi cosa* che, *se volessero,* potrebbero fare da soli.

Spesso le donne che amano troppo si raccontano che il loro uomo non è mai stato davvero amato prima, né dai suoi genitori né dalle sue precedenti mogli o fidanzate. Pensiamo che sia stato trascurato e prontamente ci assumiamo il compito di rimediare tutto ciò che gli è mancato nella sua vita ben prima di incontrarci. Ne curiamo il distacco emotivo, la rabbia, la depressione, la crudeltà, l'indifferenza, la violenza, la disonestà e persino la dipendenza, come se fossero segni di carenze affettive provate. Contrapponiamo il nostro amore ai suoi difetti e alle sue mancanze, persino alla sua malattia. Siamo fermamente intenzionate a salvarlo con la forza del nostro amore.

Non è mai troppo tardi per sanare noi stesse e le nostre relazioni, anche con persone che non sono più in vita. Proprio come la nostra, le loro anime sono immortali e rispondono ai nostri mutamenti di sentimento.

Tutto quello che sappiamo sulla paternità e sulla maternità è la somma delle esperienze che facciamo da bambini con i nostri genitori... e alcuni di noi hanno imparato da loro piuttosto cosa *non* fare per essere buoni genitori.

In realtà, abbiamo bisogno di elaborare *tutto* ciò che di positivo e negativo abbiamo ricevuto dai genitori, perché è questo *insieme* che ha contribuito in qualche misura ai nostri sforzi consapevoli nella difficile faccenda dell'amore.

I segreti che giacciono nel più profondo del nostro cuore sono quelli condivisi dalla maggior parte dei nostri simili. *Tutti* hanno segreti che andrebbero scoperti e risolti; quando affrontiamo i nostri, contribuiamo a creare un clima favorevole in cui anche gli altri possono fare lo stesso. Curando noi stesse, contribuiamo a curare un po' anche il mondo.

L'informazione, per quanto allarmante, su tutti i possibili rischi non è di per sé sufficiente a superare alcuna forma di dipendenza.

14 Marzo

Le dipendenze, diversamente da altre malattie, non risparmiano alcuna dimensione della personalità del malato: le sfere emotiva, spirituale e fisica vengono ugualmente coinvolte. Nel caso della donna affetta da dipendenza relazionale, non viene condizionato soltanto il rapporto d'amore. Tutti i suoi rapporti con amici, familiari, colleghi e bambini soffrono della sua ossessione per un uomo. La sua salute è danneggiata dallo stress prolungato e la sua dimensione spirituale ne viene impoverita.

Se eccedete nel tentativo di aiutare un uomo, vi ritroverete a recitare la parte della "madre severa" con il "figlio disubbidiente".

16 Marzo

Raramente noi donne che amiamo troppo siamo davvero convinte, nel profondo del cuore, di essere degne di amare e di essere ricambiate, per il solo fatto di esistere. Crediamo invece di nascondere terribili difetti e mancanze che a fatica possiamo farci perdonare. Viviamo con il senso di colpa per queste manchevolezze e la paura di essere scoperte. Facciamo l'impossibile, sforzandoci di apparire buone, perché non crediamo di esserlo.

Nella dipendenza relazionale la paura inconscia per la vicinanza coesiste con la paura ancora maggiore dell'abbandono.

Molte donne che amano troppo hanno anche la tendenza a mangiare o spendere troppo. Le dipendenze non sono entità distinte; le loro motivazioni fisiche ed emozionali tendono a intersecarsi. In effetti, l'uscire da una forma di dipendenza può determinare l'aggravarsi di un'altra.

Fortunatamente, lo stesso tipo di percorso per approdare alla guarigione si addice a tutte le dipendenze.

Le donne che hanno alle spalle storie familiari di violenza tendono a scegliersi partner violenti; quelle cresciute a contatto con alcolisti tendono a scegliersi partner con un'analoga dipendenza, e così via. Una dinamica sempre presente nelle dipendenze relazionali è l'inconscio tentativo di ricreare il conflitto del passato e, questa volta, *vincere*.

Una volontà di ferro applicata alle relazioni interpersonali può essere dissimulata dal doppio ruolo alternato della soccorritrice e della vittima.

Fino a quando non saremo convinte nel profondo di noi stesse che la soluzione ai nostri problemi non potrà mai essere quell'uomo così o quell'uomo cosà, la dipendenza continuerà a produrre schemi di comportamento di cui resteremo prigioniere.

Ogni donna che ama troppo può rinunciare per un certo tempo al suo comportamento ossessivo, ma un controllo duraturo per pura forza di volontà è una pia illusione: il vero recupero avviene soltanto dopo una resa.

23 Marzo

Non c'è niente di meno accidentale dei nostri rapporti di attaccamento ossessivo, verso padre, madre e quant'altri. Gli ostacoli incarnati da genitori e altri membri della famiglia sono doni che l'anima offre alle nostre personalità. Grazie agli attriti che si creano all'interno di queste relazioni obbligate, molti dei nostri peggiori difetti caratteriali vengono alla fine eliminati.

Dobbiamo rinunciare al ruolo che ci è servito a lungo e in alcuni casi con soddisfazione: la vittima, la martire, la soccorritrice o l'angelo vendicatore; o forse tutti questi a turno.

C'è una vecchia barzelletta su di un uomo miope che ha perso le chiavi a notte fonda e le sta cercando per strada, alla luce di un lampione. Arriva un altro, si offre di aiutarlo e gli chiede: "È sicuro di averle perse qui?" e il miope risponde: "No, ma qui c'è la luce per cercarle".

Vi riconoscete nei panni di quest'uomo? Cercate anche voi ciò che vi manca non dove avete più possibilità di trovarlo, ma dove, in quanto donne che amano troppo, è più facile cercarlo?

L'uomo non sarà mai quello "giusto" fino a quando non avremo sanato quella parte di noi che è stata attratta da un conflitto di volontà, ha avuto bisogno di vincere o perdere, e ha poi addossato a un altro la colpa dei nostri guai.

Che ironia! Alcune di noi si affannano a cercare la loro strada avanti e indietro nel tempo e da una parte all'altra della terra, in cerca di un'illuminazione, quando il lavoro a cui la nostra anima ci chiama ce l'abbiamo sempre davanti al naso.

Nulla è destinato a restare uguale. Se non andiamo avanti, scivoliamo indietro.

29 Marzo

Quando ci capita un'esperienza dolorosa e diciamo a noi stesse che la colpa è nostra, in realtà ci stiamo rassicurando del fatto che abbiamo il controllo della situazione: se cambiamo, la sofferenza scompare. Questa dinamica è alla base del fenomeno di autoaccusa, presente nelle donne che amano troppo. Biasimando noi stesse, ci illudiamo di saper individuare l'errore e di correggerlo tenendo, così, sotto controllo la situazione e arrestando la sofferenza.

Il nostro compito consiste invece nell'affrontare la situazione, accettarne la sofferenza, rinunciare all'*illusione* di poterla controllare, e chiedere aiuto e guida a una Volontà Superiore.

Non ci imbarchiamo in relazioni significative per caso. Siamo infatti inesorabilmente attratte da partner dai quali abbiamo l'opportunità di imparare le lezioni personali e interpersonali che ci stanno più a cuore. Prendendo coscienza del fatto che non ne siamo vittime quanto piuttosto protagoniste in prima persona, le sfide che l'amore ci presenta possono servire a farci imparare più in fretta.

Quando cerchiamo di smettere di amare troppo, *nessun* passo avanti è piccolo, perché ogni singolo passo cambia la direzione della nostra vita.

Dobbiamo tenere a mente che vivere su questa Terra è un po' come andare a scuola: più si va avanti, più i compiti diventano difficili.

Ogni classe nella scuola della vita è necessaria perché la nostra formazione giunga a compimento. Ogni classe rappresenta una sfida in rapporto al nostro livello ma, non appena abbiamo acquisito maggiori competenze, dobbiamo procedere verso un livello superiore. Nessuno di noi, avendo completato il programma di seconda, vorrebbe rimanervi per sempre. Al contrario, non vediamo l'ora di essere promosse alla classe successiva.

Allora, quando la vita vi sembra troppo difficile, cercate di tener presente che le difficoltà del momento indicano non solo che c'è ancora molto da imparare, ma anche che avete fatto tanta strada e avete imparato parecchie cose. Imparare a non amare troppo è ben altra lezione che, per esempio, imparare a non rubare.

Imparate a non esagerare in compassione. Non intestarditevi a fare da sole e affidatevi insieme alle persone che amate a una Volontà Superiore. Si tratta di sfide tanto impercettibili quanto profonde.

Poiché la natura sembra aborrire il vuoto, sia nell'area emotiva e comportamentale sia in fisica, non possiamo semplicemente smettere di amare troppo senza intraprendere una nuova attività (si spera più positiva) che lo sostituisca.

Più amore e attenzioni riserviamo a noi stesse, meno facilmente permetteremo a qualcun altro di maltrattarci.

Se volete davvero salvare le persone amate dalla sofferenza implicita nella loro dipendenza, riflettete su questa domanda:

Chi avrebbe potuto salvare me?

Probabilmente ci hanno provato in molti: le vostre amiche, vostra madre, una sorella o un fratello, forse persino i vostri figli... e probabilmente le loro migliori intenzioni vi hanno solo indotto a sprofondarvi dentro ancora di più.

Imparate a rispettare il processo di trasformazione di coloro che amate, la modalità in cui esso si dispiega, e a non interferire.

Siamo in grado di dedicarci da sole amore e attenzioni: non è necessario aspettare, inerti, che arrivi un uomo a dispensarceli.

Cercare di guarire dalla dipendenza relazionale (o da qualsiasi altra forma di dipendenza) senza fede è come camminare in salita, all'indietro, su tacchi a spillo.

A volte le persone hanno bisogno di stare da sole. Ma se vi separate senza trarre insegnamento da quello che la relazione tenta di insegnarvi, allora tornerete a confrontarvi con lo stesso problema in ogni successiva relazione.

Quando riuscirete ad accettare il vostro partner esattamente per quello che è, senza rabbia o risentimento, senza desiderare di cambiarlo o punirlo, senza interpretare i suoi comportamenti come fatti personali, vorrà dire che la vostra anima si è arricchita e ha ricevuto il dono che questa relazione aveva in serbo per voi.

Dopo aver imparato la lezione che la relazione voleva impartirvi, potreste anche scoprire che il separarvi o lo stare insieme non era affatto il vero problema.

Quando continuiamo a inseguire un uomo che non è in grado di amarci, dobbiamo riconoscere che c'è un aspetto predatorio nella ricerca sessuale, un desiderio di soggiogare l'altro attraverso le proprie grazie.

Poiché uscire da una dipendenza relazionale richiede una tenacia e una fatica che non si possono concretamente misurare, è molto più frequente per le persone che ne sono affette illudersi di essere guarite piuttosto che esserlo realmente.

È così seducente l'idea di essere pienamente guariti, quando invece siamo solo all'inizio di un processo di cambiamento e di crescita, di lotta e scoperta di sé che durerà tutta la vita!

La chiave del successo sta nel rendersi conto che si tratta di un processo in continuo divenire del quale noi siamo parte. Non è un prodotto finito, così come non lo siamo noi.

Il nostro compito su questa terra è di crescere, imparare e aprire gli occhi.

Quando siamo state in qualche modo traumatizzate, c'è sempre (in genere a livello inconscio) il tentativo di ricreare la situazione traumatica, per uscirne vincenti e così dimostrare la nostra superiorità nei confronti di ciò che ci ha sconfitte in passato.

Maggiore è il trauma che abbiamo subito, maggiore sarà la spinta a farlo rivivere e questa volta superarlo. Questa è la strada che porta alla coazione.

12 Aprile

Se stiamo realmente guarendo, non telefoniamo certo a un uomo per dirgli che non abbiamo più intenzione di parlargli.

13 Aprile

Quel che ci mette più a nostro agio ha a che fare con la conoscenza acquisita nella nostra famiglia d'origine, *non importa quanto malsana essa fosse*. Ne consegue naturalmente che nelle relazioni adulte scegliamo ciò che ci è già familiare. Dopotutto, la parola "familiare" deriva dal concetto di famiglia.

Se davvero vogliamo essere d'aiuto agli altri, il nostro recupero deve essere per noi una priorità assoluta. Per essere in grado di offrire qualcosa, dobbiamo prima poterne disporre.

15 Aprile

Se davvero volete guarire dall'amare troppo, dovete assumervi la responsabilità di essere state voi a *scegliere* il vostro partner e riconoscere che avete da imparare qualcosa da questa relazione. La prima lezione consiste nell'imparare a rinunciare al desiderio di far cambiare a tutti i costi l'altra persona.

Il desiderio ossessivo e compulsivo di fare *qualcosa* per determinare un cambiamento in un'altra persona è uno degli elementi più distruttivi nella dipendenza relazionale.

Potete sostenere onestamente che tutti i tentativi di pressione sul vostro partner siano stati dettati da affetto disinteressato? O piuttosto hanno avuto un aspetto coercitivo e manipolatorio?

Cambiare davvero non richiede un intervento miracoloso, drammatico e fulmineo ma un impegno e una rassegnazione quotidiani.

Quando ci sembra di avere la risposta giusta per ogni domanda, di avere sempre ragione e gli altri torto, allora vuol dire che siamo *presuntuose*, un atteggiamento inconciliabile con l'umiltà e la rassegnazione necessarie per il nostro recupero.

Essere presuntuose, ritenendo di sapere esattamente ciò che è giusto e ciò che è sbagliato, spesso costituisce un ostacolo insormontabile per una presa di coscienza della nostra reale condizione.

18 Aprile

Ricordate, sono la rabbia e la paura piuttosto che l'amore a mantenere in un malsano stato di conflitto i partner gli uni con gli altri.

Dato che le persone possono divorziare e, ciò nonostante, continuare a litigare per anni, si evince che il problema non si risolve semplicemente decidendo di lasciarsi o restare insieme.

Se le nostre relazioni con gli uomini sono state pericolose e drammatiche e stiamo iniziando a riprenderci e a mantenere le dovute distanze, può capitare che i nostri partner tentino in ogni modo di coinvolgerci nuovamente nel conflitto. La parte di noi ancora in attesa di gratificazioni potrebbe essere attirata dalla possibilità di un ulteriore tentativo, ricadendo nei comportamenti che conosciamo alla perfezione. Ma noi, dipendenti relazionali, dobbiamo chiederci con molta onestà quali siano le motivazioni che ci portano a riallacciare rapporti con persone che già in passato sono state la nostra "droga".

Ciò che è necessario fare per il nostro recupero non sempre ottiene l'approvazione degli altri. A ogni modo, sappiate che convivere con sindromi di dipendenza e codipendenza richiede che le regole dell'etichetta siano sospese e che invece siano seguite le linee di condotta che portano alla guarigione.

Gli insegnamenti più formativi che guidano le nostre figlie al mestiere di donna non sono le nostre raccomandazioni, ma i nostri sentimenti e le nostre azioni. Sebbene la guarigione delle madri non costituisca un vaccino per le figlie, è pur sempre l'antidoto migliore. In realtà, il dono più grande che una madre affetta da dipendenza relazionale possa fare alla figlia è l'avvio della propria guarigione.

Non è confortante sapere che più ci prendiamo cura di noi stesse più contribuiamo al reale benessere e alla vera felicità delle persone che amiamo?

Una definizione calzante di dipendenza potrebbe essere: ci fa male, lo sappiamo benissimo, e non riusciamo a privarcene.

23 Aprile

Certi tipi di dipendenza portano le persone a fare scelte professionali che sono la proiezione della loro malattia, poiché spesso le persone affette da dipendenza cercano di usare la professione come una forma di difesa nei confronti della malattia. Nascondendosi dietro il ruolo di "esperti" si difendono dalle pene più profonde e dai segreti più inquietanti. Come si può infatti avere un problema relativo all'area in cui si è esperti?

Coloro che soffrono di dipendenza relazionale tendono a dedicarsi a professioni in cui sono a contatto con persone che hanno bisogno di aiuto. Molte di noi scelgono di occuparsi degli altri per professione, perché in realtà avrebbero bisogno che qualcuno si occupasse di loro. Inoltre, tendiamo a preoccuparci della vita e dei problemi degli altri per evitare di affrontare i nostri.

Siamo però in grado di aiutare al meglio gli altri quando abbiamo vinto la nostra dipendenza.

24 Aprile

Quando imparate a non focalizzare più la vostra attenzione ossessiva sui comportamenti di un altro vi trovate esposte ai vostri problemi, che possono essere enormi, senza alcun filtro protettivo. Questa situazione è difficile e incute paura, ma non guarirete dalla vostra dipendenza relazionale fino a quando non riuscirete a trovare il coraggio di concentrarvi sulla vostra vita anziché su quella di un uomo.

Per molte di noi, dedicarsi a un partner affetto da dipendenza è più facile che affrontare la propria malattia e dedicarsi al lavoro di autorecupero.

Se il nostro partner dovesse avviarsi sulla via della guarigione, non ci rimarrebbe che fare altrettanto o trovare un altro uomo da aiutare.

26 Aprile

Qualsiasi tipo di dipendenza genera lo stato di tensione che permette la trasformazione di un individuo. Il recupero dalla dipendenza richiede infatti la resa della singola volontà personale a una Volontà Superiore.

Nessuno può assoggettarsi alla volontà di qualcun altro e pertanto nessuno può essere la causa del recupero di un altro. Se provassimo a imboccare questa strada, in realtà, ci troveremmo, chi più chi meno, ad assoggettare la nostra volontà.

Dopo una vita di relazioni morbose, capita spesso che la donna che ama troppo si senta peggio durante la prima fase di recupero, anche se in realtà sta iniziando a guarire. Ciò avviene perché sta rinunciando ai suoi vecchi schemi mentali e di comportamento, che devono *tutti* essere sostituiti perché la guarigione sia definitiva.

Ogni guarigione è un miracolo che ha a che fare con la grazia non certo col caso.

29 Aprile

Per guarire dobbiamo affrontare non solo i ricordi sepolti dell'infanzia, ma anche l'insieme delle nostre scelte e dei comportamenti sbagliati perseguiti da adulte.

30 Aprile

È tipico delle donne che amano troppo rimanere deliberatamente vaghe nella descrizione dei gusti e dei modi d'agire dei loro partner. Tale indeterminatezza è pericolosa.

Le femministe impegnate e le donne "uomo-dipendenti" possono ritrovare le motivazioni del proprio impegno politico e della propria malattia nelle medesime esperienze infantili: l'esposizione e la soggezione a un padre collerico, aggressivo e dominante e a una madre timorosa, docile e martire.

La dipendenza di qualsiasi tipo, sia essa da un'altra persona, da una sostanza o da un comportamento, non è immorale ma semplicemente amorale, come ogni altra malattia.

Avere relazioni di tipo compulsivo perde il suo alone di mistero quando lo consideriamo un potente bisogno inconscio di controllare oggi ciò che non siamo riuscite a controllare nel passato. Più devastanti sono state le esperienze infantili, più forte sarà il bisogno inconscio – e la coazione – di ricreare in età adulta un clima o una situazione con le stesse cariche emotive per tentare di neutralizzarle.

Un approccio molto più sano ed efficace è quello di decidersi ad affrontare nel nostro passato qualsiasi problema abbia bisogno di essere considerato e risolto. Quando saremo in grado di affrontarlo, i ricordi inizieranno ad affiorare parallelamente alla nostra capacità di gestirli.

Abbiate fiducia in questo.

Quando prendiamo coscienza della nostra storia nascosta, anche le nostre azioni che si riferiscono a essa divengono più consapevoli. Al posto del comportamento compulsivo, avremo una libera scelta. Non si tratterà forse di una scelta *facile*, perché rinunciare a vecchi schemi di comportamento ci mette in difficoltà. Quando però la scelta è possibile, ricadere deliberatamente in un comportamento patologico provoca maggiore disagio che rinunciarvi.

A prescindere dai genitori che abbiamo avuto, dall'infanzia e dai traumi che abbiamo subito, possiamo cambiare la nostra eredità, da una di malattia a una di recupero, se facciamo la scelta di guarire e perdonare.

5 Maggio

Molte donne che amano troppo sospettano di essere state vittime di un incesto. Se sospettate che sia successo, è molto probabile che sia vero.

6 Maggio

La bulimia è una patologia comune nelle donne che hanno subito violenza sessuale.

7 Maggio

È una vera *benedizione*, quando dobbiamo cambiare il nostro modo d'agire e diviene impossibile continuare la routine abituale. Naturalmente, lí per lí non ne ha affatto l'aria.

8 Maggio

Esiste una naturale tendenza umana a non ammettere l'evidenza. Abbiamo bisogno di passare attraverso vari gradi di fallimenti prima di liberarcene.

A volte succede che una dipendenza ne nasconda un'altra; ad esempio, quando un'ossessiva dedizione alla ginnastica aiuta in realtà a nascondere gli effetti di un'alimentazione compulsiva.

La dipendenza relazionale, come la tossicodipendenza o l'alcolismo, è una malattia progressiva. Il periodo di tempo che intercorre tra il momento in cui instauriamo una relazione ossessiva e quello in cui ci rendiamo conto che la nostra vita è diventata ingovernabile si riduce infatti in maniera drastica con il passare degli anni.

11 Maggio

Accettare di avere contatti con un uomo che è stato in passato la nostra "droga" potrebbe avere lo stesso effetto che un bicchiere occasionale ha su un ex alcolista. Anni di faticoso recupero potrebbero essere spazzati via e la dipendenza potrebbe riprendere più forte che mai.

12 Maggio

Alcuni uomini sono per noi come i broccoli: non particolarmente appetitosi ma sani e buoni per noi; altri sono come la torta al cioccolato: irresistibilmente attraenti ma, per chi di noi è dipendente, decisamente molto pericolosi.

Se soffriamo di dipendenza relazionale, dobbiamo imparare ad avere rapporti sani e a evitare le persone che ci spingono giù a capofitto dentro al nostro male.

I nostri tentativi di restare al centro delle attenzioni di un uomo, di diventare tanto necessarie al suo benessere quanto lui lo è al nostro, può trasformarci in donne asfissianti, che blandiscono e manovrano, disposte persino ad autoumiliarsi.

Quando amiamo troppo, veniamo di solito disprezzate per tutti gli sforzi che facciamo: i nostri partner ci disprezzano e noi stesse ci disprezziamo.

Non praticare la propria dipendenza richiede uno sforzo maggiore del semplice ripetere a se stesse di cambiare.

Nulla è più efficace della preghiera quando chiediamo che sia fatta la volontà di Dio e non la nostra.

Avete l'abitudine di iniziare una relazione assumendo il ruolo della mamma che dà tutto, accetta tutto, si occupa di tutti i problemi del suo bambino viziato che ha bisogno di tante cure?

Noi che amiamo troppo, stringiamo un tacito patto con l'uomo che riteniamo bisognoso di cure: prima mi prendo io cura di te, e poi tu farai lo stesso con me.

Quando per risolvere un disagio assumiamo un farmaco, un comportamento o ci rivolgiamo a un'altra persona, corriamo il rischio di sviluppare una dipendenza pericolosa.

Se un uomo assume per noi il carattere di antidoto contro sensazioni di ansia e di abbandono, potremmo finire per dipendere da lui in modo totale. Diventerebbe la nostra "fissazione".

La nostra "fissazione" ci costa sempre qualcosa in cambio del sollievo momentaneo che ci procura. Nel caso della dipendenza relazionale in genere il costo equivale, nel migliore dei casi, ai postumi di una sbornia emotiva.

18 Maggio

Sebbene la sobrietà nelle relazioni sia qualcosa di molto concreto, è tuttavia molto sottile e difficile da misurare se non attraverso il grado di serenità che alla fine raggiungiamo.

19 Maggio

Se qualcuno vi turba o vi ferisce una volta, è molto probabile che lo faccia nuovamente, a meno di non considerare il fatto che i suoi comportamenti dovrebbero scioccarvi e ferirvi in misura minore, dal momento che conoscete già la sua capacità di farlo.

Poiché si tratta di un adulto, diamo per scontato che abbia agito così, non perché non sapesse fare diversamente, ma perché quel comportamento è parte di ciò che lui è. Per un po' di tempo un uomo può autocensurarsi o farsi censurare da voi, ma soltanto per un periodo limitato. Prima o poi tornerà necessariamente a essere l'uomo che era e che è in realtà. Se voi non lo lascerete perdere, se tenterete di controllare i comportamenti o la dipendenza del vostro partner, tutti gli sforzi fatti non vi procureranno gratitudine da parte sua. Ciò che lui proverà nei vostri confronti sarà piuttosto risentimento per esservi frapposta tra lui e ciò che lui desidera o di cui ha bisogno. A quel punto il problema non è più il suo comportamento, siete piuttosto *voi*.

20 Maggio

È una mancanza di rispetto nei confronti del diritto di autodeterminazione degli altri che ci spinge a tentare di aiutare il nostro partner a controllare la sua vita, *anche nei casi in cui sembra che lui ci inviti a farlo*.

Quando un uomo vi invita a controllare ogni aspetto della sua vita, in realtà vi sta tendendo una trappola. In questo modo il *suo* problema diventa il *vostro*.

Quando un genitore diventa amico e confidente di un figlio, viola la sua privacy. Ogni volta che un adulto eleva allo status di pari un ragazzo, lo fa per soddisfare i propri bisogni. Per non causare ulteriori danni e trovare il conforto, la guida e l'aiuto di cui abbiamo bisogno, dobbiamo cercare l'aiuto di donne adulte come noi, che stanno cercando di guarire dalla dipendenza relazionale e che divideranno con noi la loro esperienza, la loro forza e il loro coraggio.

22 Maggio

Quando le persone stanno veramente cercando di cambiare, non perdono tempo a parlarne. Sono troppo occupate nel farlo.

23 Maggio

Per molte di noi che sono affette da dipendenza relazionale, è molto più semplice dire "Questa persona è il mio problema" che ammettere la paura e l'imbarazzo che suscitano l'assurdità e l'intimità del rapporto con un altro.

24 Maggio

Qualsiasi tipo di guarigione, di una gamba rotta, di una psiche o di un cuore a pezzi, avviene grazie all'applicazione di un principio spirituale.

Quest'ultimo funge da guida ed esiste in ciascuno di noi. Attivarlo è la strategia che ci può far vincere ogni forma di dipendenza, inclusa quella di amare troppo.

Scoprire questo principio nel profondo dei nostri cuori e affidarci alla sua guida è un lavoro molto duro, ma non farlo, quando amiamo troppo, è ancora più duro.

La sofferenza emotiva esiste perché non riusciamo ad ammettere onestamente qualcosa che riguarda personalmente noi o la nostra condizione, qualcosa che, in una certa misura, *già sappiamo*.

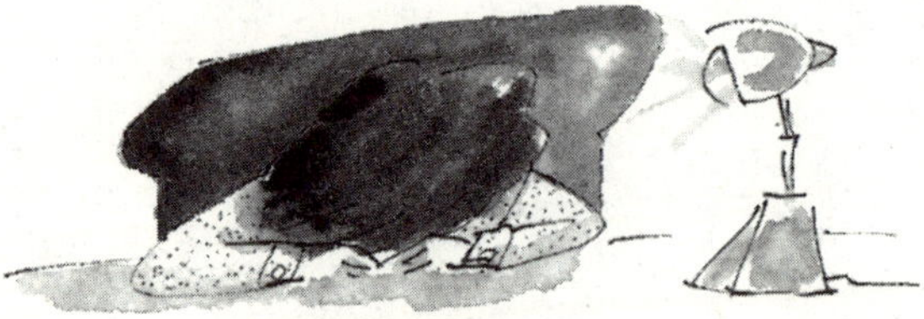

Il vero cambiamento richiede una resa che è simile, per certi versi, a una crocifissione.

27 Maggio

In quanto affette da dipendenza relazionale, danneggiamo i nostri figli proprio come se fossimo alcoliste perché...

- i nostri cambiamenti di umore sono altrettanto rapidi, drammatici e imprevedibili;
- le nostre azioni sono altrettanto compulsive e irrazionali quando abbiamo bisogno della nostra “ossessione”;
- i nostri pensieri e sentimenti sono quasi sempre centrati su qualcos'altro;
- siamo altrettanto pericolose al volante quando siamo sotto l'influenza delle nostre emozioni che non riusciamo a controllare;
- diventiamo sempre più disoneste, addossiamo la colpa dei nostri guai a tutto fuorché alla nostra dipendenza.

Il dolore emotivo sta alla psiche come il dolore fisico sta al corpo: un segnale che qualcosa non va o si è ammalato.

La vita consiste, dopotutto, nel prendere coscienza e crescere. Rendiamo questi processi più dolorosi perché non li accettiamo di buon grado.

È attraverso il nostro lavoro di recupero che i terribili segreti si trasformano in doni graditi.

Durante il recupero, non perderete nulla che sia davvero per il vostro bene più alto.

La guarigione ci promette due doni: la qualità della nostra vita *migliorerà* e saremo *davvero* d'aiuto.

Ogni azione che compiamo come reazione istintiva alla dipendenza di un altro è sbagliata.

Il desiderio di aiutare e quello di castigare sono reazioni da persona codipendente.

3 Giugno

Fate in modo di non superare mai un certo limite nell'affrontare il problema di un altro.

Quando lo superiamo, proviamo frustrazione e rabbia; di contro, l'altra persona proverà senso di colpa e risentimento.

Operare i cambiamenti necessari deve rimanere una priorità per chi ne ha bisogno, piuttosto che per chi, come noi, vorrebbe essere d'aiuto.

Nessun terapista può essere considerato la soluzione a pagamento del problema del paziente.

Non potete affidare la vostra vita al terapista così come affidate la macchina al meccanico. La responsabilità di individuare e correggere ciò che non funziona resta comunque *vostra*.

Raramente le persone cambiano, se non attraverso sofferenze indicibili: quando alleviamo il dolore di un altro, è come se facessimo andare in corto circuito la motivazione al cambiamento di quella persona. Ecco perché i nostri sforzi tesi a risolvere i problemi degli altri, in realtà hanno l'effetto contrario di prolungarli e perpetuarli.

Sfortunatamente, quando amiamo troppo, il nostro partner sopporta il suo dolore meglio di quanto noi sopportiamo di vederlo soffrire. Invece di tentare di risolvere i suoi problemi, dobbiamo eliminare le conseguenze che essi hanno su di noi.

Siamo sicure che se dimostriamo a un uomo quanto lo amiamo, per quanto male possa trattarci, prima o poi lui cambierà. In realtà, comportandoci così, gli dimostriamo che lasciare le cose come stanno è per lui la soluzione più comoda.

Molte donne che amano troppo hanno gravi problemi di depressione endogena.

Cercare di vivere una vita normale soffrendo di depressione endogena è un po' come cercare di sciare con una gamba rotta: molto difficile e molto doloroso.

Quando lottate contro la depressione, *non* puntate alla perfezione. Prendetevi una pausa e riducete lo stress.

Recupero significa scegliere di fare solo ciò che favorisce la vostra serenità e il vostro benessere.

L'alcol neutralizza quella parte del vostro cervello che dice "no"; vi rendete conto di quanto questa sia importante quando cercate di abbandonare il vostro particolare stile di "amare troppo".

Capita di volere chiamare il nostro uomo, fermarci a casa sua, trascorrere la notte insieme, anche se sappiamo benissimo che sarebbe un errore.

Allora, prima di decidere, beviamo. In seguito, dicendo a noi stesse che non avremmo agito così se fossimo state sobrie, evitiamo di assumerci la responsabilità delle nostre azioni e di considerare le conseguenze che esse hanno sulla nostra vita. In questo modo il circolo vizioso si perpetua.

Amare se stesse abbastanza da vincere la dipendenza è un prerequisito essenziale per amare un'altra persona.

Non crediate che la dipendenza relazionale non sia abbastanza grave da uccidervi. È una condizione che produce uno stress incredibile, e noi tutte sappiamo che lo stress può uccidere.

Siate disposte a qualunque sacrificio per liberarvene. Si tratta di salvare la vostra vita.

Il recupero consiste in un procedere progressivo, che all'inizio si conta a minuti, poi a ore, e infine ad anni, ma non percorre mai più di un giorno alla volta.

Fate tutto il possibile per non cadere in quei piccoli o grandi errori che costituiscono un "passo falso", per non ricadere in quel modo di fare che vi rende così utili, così in grado di controllare e punire, che tanto facilmente e insidiosamente vi riesce naturale.

La convinzione che trovare il terapista "ideale" sia la soluzione a tutti i problemi esistenziali è diffusa quasi quanto quella secondo cui trovare l'uomo "ideale" ha lo stesso benefico effetto. In realtà, il recupero da ogni forma di dipendenza, inclusa quella dell'amare troppo, richiede fiducia in un Potere Superiore, non in un terapista.

Molte di noi, dopo essere guarite da una prima forma di dipendenza, scoprono di avere una *successiva* guarigione.

Vincere una dipendenza in un campo spesso ci mette in grado di comprendere quanti problemi ci rimangono da risolvere in un altro.

È tipico delle donne che amano troppo minimizzare la gravità della situazione. Con il ripetersi dei fallimenti per controllare la propria ossessione, si allarga il divario tra la propria immagine pubblica e il proprio segreto comportamento privato.

17 Giugno

Per affrontare la dipendenza relazionale, nessun approccio funziona meglio del programma di recupero "Dodici Passi".*

*Cfr. nota al 18 febbraio a p. 63. [*N.d.T.*]

18 Giugno

Essere disposti a imparare un nuovo modo di vivere un poco alla volta, giorno per giorno, è alla distanza di gran lunga più produttivo che eccedere nel tentativo di progredire più in fretta.

PROGRAMMA DI RECUPERO DALLA DIPENDENZA RELAZIONALE

PRIMO PROPONIMENTO

Ci accetteremo pienamente, anche durante il tentativo di cambiarci in parte. Esiste un fondamentale amore e rispetto di sé, che coltiveremo con cura e diffonderemo con impegno.

SECONDO PROPONIMENTO

Accetteremo gli altri per quello che sono, rinunciando a cambiarli a seconda dei nostri bisogni.

TERZO PROPONIMENTO

Non perderemo mai di vista gli atteggiamenti che assumiamo e i sentimenti che proviamo in ogni dimensione della nostra esistenza, compresa la sessualità.

QUARTO PROPONIMENTO

Avremo caro ogni nostro aspetto: la personalità, l'aspetto fisico, le opinioni e i valori, il corpo, gli interessi e le nostre doti. Piuttosto che cercare una relazione in cui trovare conferma di quanto valiamo, saremo noi stesse ad apprezzarci da sole.

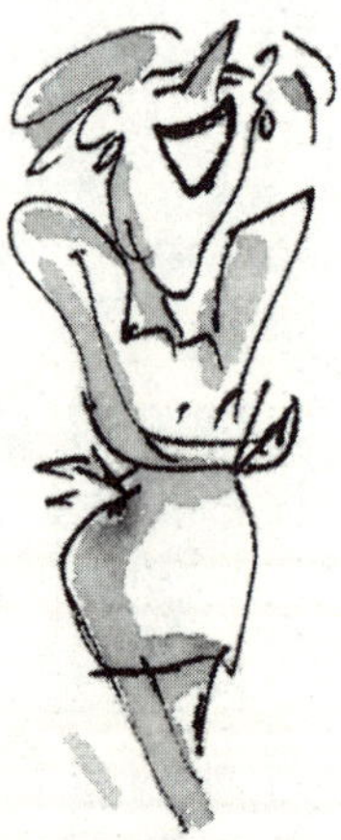

QUINTO PROPONIMENTO

La nostra autostima sarà sufficientemente grande da permetterci di godere della compagnia di altre persone, soprattutto uomini, che stanno bene così come sono. Non avremo bisogno di sentirci necessarie per essere sicure del nostro valore.

SESTO PROPONIMENTO

Saremo aperte e fiduciose con le persone che se lo meritano. Non avremo paura di approfondire i nostri rapporti personali ma, allo stesso tempo, non ci esporremo allo sfruttamento di chi non si preoccupa del nostro benessere psicofisico.

SETTIMO PROPONIMENTO

Impareremo a domandarci: "Questa relazione fa al caso mio? Mi permette di esprimere tutte le mie potenzialità?".

OTTAVO PROPONIMENTO

Quando una relazione è distruttiva, ce ne libereremo senza cadere in una depressione debilitante. Avremo una cerchia di amici e sani interessi che ci aiuteranno a superare la crisi.

NONO PROPONIMENTO

La nostra serenità sarà la nostra priorità assoluta. Tutte le sofferenze, i drammi e il caos del passato perderanno il loro fascino. Proteggeremo noi stesse, la nostra salute e il nostro benessere.

DECIMO PROPONIMENTO

Terremo a mente che una relazione per funzionare deve avvenire tra partner che dividano valori, interessi e obbiettivi simili, e che sappiano instaurare un rapporto di vera intimità. E non dimenticheremo mai che ci meritiamo quanto di meglio la vita abbia da offrirci.

29 Giugno

La prima fase del recupero dall'amare troppo inizia quando diventiamo consapevoli di quel che facciamo e vogliamo risolutamente smetterla

Quando smettiamo di amare troppo, il nostro modo di esprimerci o di agire non è più condizionato dalle reazioni che ci aspettiamo da parte dell'altra persona.

1 Luglio

Quando siamo in fase di recupero, ciò che prima ci sembrava normale e familiare ci appare sgradevole e malsano.

2 Luglio

I rancori sono come il mostro di Frankenstein: acquisiscono vita propria, a meno che non ci impegniamo a liberarcene.

Se non starete attente, vi ritroverete in compagnia di un mostriciattolo, incarnazione del vostro risentimento, che vi richiederà attenzioni e nutrimento quotidiani.

Se continuiamo a raccontarci la nostra storia di povere vittime, finisce che poi ci sentiamo in dovere di farne partecipi tutti gli altri.

4 Luglio

Non godiamo di maggiore serenità augurandone meno agli altri.

In una relazione nulla accade per caso o è esente da condizionamenti esterni. L'uomo che avete accanto è esattamente ciò che era quando lo avete incontrato e scelto come compagno. A volte capita che noi che amiamo troppo siamo attirate e attratte da quelle stesse qualità che subito dopo cerchiamo di cambiare nel nostro partner.

Non consideratevi "vittima passiva" in una relazione. Imparate piuttosto ad ammettere di avere equamente diviso le responsabilità, qualsiasi sia stato il risultato della partita.

Quando ballate in coppia con un partner poco affidabile, fate attenzione ai *vostri* passi di danza.

Ammettere che non esistono casualità nelle relazioni e che non siamo delle vittime ci spinge a crescere e a confrontarci con il lato oscuro della nostra personalità.

9 Luglio

Il vero recupero avviene quando smettiamo di situare il problema fuori di noi e dentro qualcun altro.

10 Luglio

Per superare il rancore, all'altra persona augurate solo il bene e pregate perché lo raggiunga.

Quando proviamo invidia, siamo preda dell'errata convinzione che in questo mondo non vi sia bene sufficiente per tutti.

12 Luglio

Riceviamo quel che auguriamo agli altri, dunque augurate tutto il bene possibile!

13 Luglio

Lasciamo stare la differenza di sesso: che ciascuno cerchi di capire meglio se stesso. Infatti la speranza di diventare esperti dell'altro è molto probabile che resti lettera morta.

Qualsiasi comportamento tra esseri umani che non sia onesto, aperto e affettuoso, affonda le sue radici nella paura.

Di solito, gli uomini temono maggiormente di essere soffocati dalla partner, mentre le donne hanno più paura di essere abbandonate.

Più una donna va alla deriva, più tende a considerare l'uomo che ha accanto come una risorsa e una forza. Al contrario, più un uomo cade preda del malessere, più tende a considerare la donna e la famiglia come minacce alla sua indipendenza.

17 Luglio

Poiché condividono lo stesso background emotivo, gli uomini che amano troppo poco e le donne che amano troppo tendono a fare coppia. Ciò naturalmente accresce i problemi che ognuno di loro ha inconsciamente riversato nella relazione.

Quando le nostre ferite non sono ancora rimarginate, tendiamo a essere pericolose.

Uomini e donne con problemi relazionali tirano su figli e figlie destinati a soffrire allo stesso modo.

La parola "amore" viene costantemente utilizzata per definire diversi tipi di eccitazione che in realtà rappresentano ciò che l'amore *non* è.

Libido, passione, gelosia, sofferenza, paura, eccitazione, ingordigia, seduzione, sottomissione, sollievo dalla noia o dalla solitudine, vendetta, competizione, orgoglio e determinazione ad agire esclusivamente secondo la propria volontà sono spesso tutti camuffati da amore.

21 Luglio

L'amore per una persona ha in sé la stabilità emotiva non il disordine.

La capacità di amare un'altra persona sboccia da un cuore pieno, non da uno vuoto.

Creiamo una religione virtuale della relazione, quando deponiamo ai piedi del nostro partner i fardelli più pesanti della condizione umana.

Non abbiamo diritto di chiedere a un altro essere umano ciò che piuttosto dovremmo chiedere a Dio.

Chi coincide con il nostro bene? La persona che non compromette il legame che abbiamo con il nostro Potere Superiore.

25 Luglio

Se la dimensione spirituale è la nostra priorità assoluta anche i nostri problemi relazionali troveranno una via d'uscita.

La fede in qualcosa di più grande, che trascenda noi e la nostra relazione, è necessaria per amare incondizionatamente, profondamente e bene.

27 Luglio

Quando manca la fede in un Potere Superiore, là dove dovrebbe crescere amore, cresce piuttosto la paura di perderlo.

28 Luglio

Quando mancano la fiducia e il rispetto reciproci, molti di quegli eccitamenti che sono chiamati amore, ma che sono in realtà ossessioni, possono mettere radici e crescere. Non così l'amore.

Quando si è codipendenti, per essere felici si attende che il partner che soffre di dipendenza guarisca (il che non è detto che avvenga).

Quando imparerete a essere felici a prescindere da ciò che qualcun altro sta facendo, allora vorrà dire che state guarendo. In questo modo, renderete più probabile anche la guarigione dell'altro.

L'aiuto migliore ci verrà da un approccio al problema messo bene a fuoco, perciò è importante trovare un programma di recupero seguito da altre donne nelle nostre stesse condizioni.

Con un programma di recupero, non dobbiamo più rivivere le esperienze dell'infanzia nelle nostre relazioni adulte.

Le persone che percorrono con noi la via del recupero sono in grado di apprezzare e applaudire i nostri progressi più di ogni altro.

1 Agosto

Ogni giorno, guardatevi allo specchio, dite il vostro nome e aggiungete: "Ti voglio bene e ti accetto esattamente per quello che sei".

Siete una parte preziosa e necessaria dell'universo. Non dovete guadagnarvi il diritto di esistere.

Quando è un *uomo* a essere affetto da dipendenza relazionale, possiamo osservare la malattia per quello che essa è, libera dagli stereotipi culturali che rinforzano l'amare troppo nelle donne.

Nella nostra società, ogni donna viene attivamente incoraggiata, attraverso riviste e altri media, a comportarsi secondo modelli tipici di una persona gravemente affetta da dipendenza relazionale.

La nostra cultura in realtà incoraggia le donne ad assumere comportamenti da dipendente relazionale ed è punitiva nei confronti di quelle donne che non si conformano a questo modo di pensare, sentire e agire.

Che le donne affette da dipendenza relazionale tendano a considerare noiosi i "bravi ragazzi" è un dato di fatto, ma c'è un altro elemento da considerare. Trovare un bravo ragazzo e imparare ad amarlo non è la soluzione automatica ai nostri problemi; perché, per esempio, non tutti i bravi ragazzi sono in realtà così bravi. Alcuni hanno semplicemente sviluppato una notevole capacità mimetica e si comportano in modo disonesto nelle relazioni.

Il dare troppo a un'altra persona finisce per diventare una forma di corruzione occulta.

Perché suscitiamo risentimento anziché gratitudine per ciò che facciamo? La risposta è: perché non siamo state oneste; abbiamo cercato di manipolare.

L'incredibile ironia della dipendenza relazionale è che all'origine dell'ossessione c'è una profonda paura dell'intimità.

In molte relazioni è difficile dire quale delle due persone sia più dipendente e bisognosa, a prescindere da chi *appaia* essere il dipendente relazionale.

11 Agosto

Nessuno, mai, dovrebbe peccare di zelo e cercare un terapista per un'altra persona.

Quando cerchiamo di convincere un altro a sottoporsi a terapia, siamo spinti dall'egoismo, travestito da altruismo.

Cercare disperatamente risposte non è la strada che porta al recupero. Quando davvero scatta in noi la volontà di guarire, *a qualunque costo*, la strada che porta alla guarigione si apre da sola davanti a noi.

Scambiarci le nostre esperienze, positive o negative, all'interno di un programma di recupero, fa già parte del recupero.

Sia negli uomini che nelle donne, il recupero avviene quando lo si cerca come un bene fine a se stesso e non per gli effetti che potrebbe avere sulla relazione o sul matrimonio.

Quando le persone si impegnano davvero nel loro recupero, non ostentano tutto ciò che stanno facendo per colpire gli altri con la loro sincerità. Se siete tentate di dimostrare quanto siete cambiate, dovete assicurarvi che il vostro "recupero" non sia soltanto un altro passo della danza mortale, eseguita da due partner vincolati nell'abbraccio paralizzante dell'ostinazione.

Se, a partire dall'infanzia, avete dovuto prendervi cura degli altri e avere comprensione per tutti, probabilmente non avete mai imparato a prendervi cura e ad avere comprensione per voi stesse.

Se provenite da un background familiare caotico, da adulte troverete un rapporto tanto più eccitante e coinvolgente quanto maggiori saranno le difficoltà che lo caratterizzano.

Fino a quando la nostra attenzione sarà quasi esclusivamente rivolta allo stato di salute della nostra relazione con l'altra persona, a scapito dello sviluppo di un buon rapporto con la parte più profonda del nostro io, non saremo in grado di instaurare un rapporto di vera intimità.

18 Agosto

Dobbiamo accettarci e amarci davvero per poter consentire a un'altra persona di guadagnare una vicinanza sufficiente per conoscerci e amarci.

Nessuno ci calpesta se noi non ci facciamo trovare già per terra.

Se una persona dovesse ricollocarsi all'interno di una relazione o di una famiglia l'intera struttura della relazione e della famiglia ne verrebbe automaticamente modificata. Ne consegue che la nostra situazione cambia cambiando noi stesse.

Sfortunatamente, molte di noi preferiscono la quiete dello status quo alla sfida insita nei cambiamenti che migliorerebbero la qualità della nostra vita.

Dovete considerare l'eventualità che, una volta smesso di amare troppo, la vostra relazione possa finire.

23 Agosto

A volte il senso di vuoto sarà così profondo che sarete quasi in grado di sentire il vento soffiarvi dentro, là dove dovrebbe esserci il cuore. Abbracciate quel senso di vuoto e sappiate che non sarà sempre così e che soltanto percependolo e stringendo i denti riuscirete a sentirvi riempire con il calore dell'accettazione di sé.

La qualità della vita migliora in modo direttamente proporzionale al grado di sincerità con noi stessi a cui possiamo arrivare.

Durante la guarigione, mantenere il nostro equilibrio diventa molto più importante che suscitare compassione o prendersi rivincite.

Un matrimonio che avrebbe dovuto rappresentare la soluzione di vecchi problemi e antiche sofferenze, spesso si rivela il più grande e il più doloroso di tutti i problemi.

27 Agosto

Se siete donne fisicamente maltrattate, cercate di applicare a voi stesse e al vostro caso il concetto di dipendenza relazionale, con le sue radici nei traumi infantili e la sua pulsione a rifarvi dei torti subiti. Ciò vi permetterà di iniziare il percorso di recupero senza aspettare che sia il vostro uomo a cambiare.

28 Agosto

È attraverso il perdono che impariamo la lezione per la quale la nostra anima ha scelto questa esistenza.

Il nostro recupero richiede un sacco di tempo, di sforzi e di impegno; tuttavia continuare ad amare troppo ne richiede ancora di più.

In un gruppo di supporto tra pari, dove non esiste l'esperto e tutti sono uguali, ognuno di noi diventa responsabile della scoperta delle proprie verità.

Imparare a interagire sessualmente con un'altra persona, a dividere una vera intimità, sgombra di competizione e ostilità, è un compito estremamente difficile per molte donne affette da dipendenza relazionale.

La dipendenza relazionale è il tipo di dipendenza che viene maggiormente idealizzato.

Il coinvolgimento a livello sessuale per coloro che sono sulla buona strada del recupero dall'amare troppo si fonda sulla tenerezza del prendersi realmente cura di un'altra persona e sulla gioia di dividere una vera intimità, piuttosto che sulla lotta per conquistare un amante impossibile.

Quando non siamo ancora guarite e ci domandiamo se sia il caso di restare o di andarsene, di solito interpretiamo l'una o l'altra soluzione in termini di vittoria e di sconfitta.

Per ironia della sorte, quando abbiamo già in parte recuperato, andarsene, se è questo alla fine ciò di cui abbiamo bisogno, è la soluzione che ci riesce più naturale, perché guarire non significa vincere; significa non mettersi in competizione.

Una dipendenza si sviluppa quando l'appoggiarsi a un farmaco, a una sostanza o un'attività si trasforma da scelta in coazione a ripetere.

La nostra cultura ci spinge a "nobilitare" situazioni di dipendenza, facendo passare per libere scelte quelle che sono in realtà costrizioni.

Se siamo state costrette ad assumerci troppe responsabilità quando eravamo troppo giovani, può darsi che, dopo esserci considerate adulte tanto a lungo, chiedendo così poco per noi stesse e dando così tanto agli altri, ci sembri ormai troppo tardi per invertire la tendenza.

In realtà, non è mai troppo tardi.

Cominciate a imparare come invertire la tendenza ora.

Dobbiamo finalizzare i nostri sforzi alla scoperta di significato, identità e comprensione, nell'ambito di una ricerca di tipo spirituale, non di tipo relazionale.

La maggior parte di noi che amiamo troppo ha già imparato la grande lezione spirituale della compassione. In realtà, molte di noi *vanno oltre* la compassione. Vogliamo fare per gli altri ciò che essi dovrebbero fare da soli.

A questo punto siamo pronte per la grande lezione spirituale successiva: il distacco. Dobbiamo imparare a distaccarci, con amore e compassione, da coloro le cui esistenze cerchiamo di controllare.

Il bisogno di controllare gli altri, camuffato dal voler essere utili, è un comportamento tipico delle donne affette da dipendenza relazionale.

Quando amiamo troppo, se vogliamo curare noi stesse, dobbiamo *smettere* di cercare modi per aiutare gli altri.

Quando smettiamo di seguire determinati comportamenti per ottenere l'approvazione e l'amore degli altri, allora iniziamo a scoprire chi siamo veramente.

Quando arriviamo alla determinazione di perdonare un'altra persona, improvvisamente ci viene donata la capacità di comprenderne a pieno la condizione.

La spiritualità, come la carità, inizia a casa.

Possiamo anche illuderci che, con meno problemi e più tempo a disposizione per riflettere su verità fondamentali, potremmo sviluppare meglio il nostro lato spirituale. In realtà, è proprio attraverso i problemi e le tensioni quotidiane che i nostri difetti caratteriali emergono e, alla fine, con molto sforzo, si attenuano.

In conclusione, diventiamo più tolleranti, più compassionevoli, più comprensivi, più capaci di distaccarci con amore ecc., e meno ostinati, meno timorosi, meno portati a manipolare e controllare perché così *dobbiamo* se vogliamo sopravvivere con un certo grado di serenità nell'arena emozionale della vita.

Questo è sviluppo spirituale.

Nel migliorare la nostra capacità di accettare gli altri *per come sono*, miglioriamo anche la nostra capacità di scegliere chi veramente ci fa del bene e a sciogliercì, con amore, da chi invece non ce ne fa.

La prima volta che ci troviamo in ginocchio, di solito abbiamo un disperato bisogno d'aiuto.

In seguito, pregare umilmente diventa una componente importante dei nostri sforzi per ricevere una guida a vivere come dovremmo.

Infine, dopo aver riconosciuto l'inestimabile contributo della preghiera al nostro risveglio spirituale, siamo in grado di rendere grazie per quegli stessi problemi che ci hanno messe in ginocchio la prima volta.

Per guarire, dovrete probabilmente rinunciare all'erronea convinzione che il vostro alto potenziale di attrattiva sessuale o lussuria abbia, o abbia mai avuto, qualcosa a che fare con l'amore.

16 Settembre

Quando abbiamo conseguito progressi significativi in una data area, a volte la vita ci mette alla prova per vedere se abbiamo o no imparato la lezione; una specie di esame finale che dobbiamo superare alla fine dell'anno scolastico per essere ammessi alla classe successiva.

Per esempio, proprio quando avete finalmente lasciato un uomo, potrebbe chiamarvi, e voi potreste essere tentate di incontrarlo per provare a lui e a voi stesse che la relazione è veramente finita. Si tratta di una mossa rischiosa. Per superare questa prova, non basta incontrarlo senza farvi spezzare il cuore. Bisogna decidere di non incontrarlo affatto.

Se vogliamo cambiare la nostra vita, è più importante cambiare la nostra disposizione mentale che le condizioni esterne. Se non cambiamo l'atteggiamento mentale, è improbabile che le condizioni che ci riguardano cambino mai per davvero.

Tranne che per la violenza fisica e/o l'umiliazione emotiva, la relazione violenta, con tutta la sua intensità, è quella che più si avvicina all'idea di "vero amore" veicolata dalla nostra cultura.

Nessuna donna, che abbia una relazione equilibrata e serena, viene mai corteggiata con la stessa intensità che un uomo violento riserva alla sua partner nelle fasi di "corteggiamento" e di "luna di miele" della sindrome della violenza.

Una delle gratificazioni per la donna maltrattata è che, durante le fasi di "luna di miele" che seguono la violenza, avverte la sensazione di forza e potenza e di dominio sul partner.

Il bisogno di controllare colui che la picchia è spesso la motivazione più forte che spinge la vittima a proseguire il rapporto.

Se sei una donna maltrattata, soffri di dipendenza relazionale, una malattia pericolosa per la tua vita, per la quale esiste un programma di recupero.

È estremamente importante per noi considerare i nostri fallimenti lezioni o, ancora meglio, tappe di avvicinamento a Dio. Tutto sommato, non è ciò che facciamo bene a indurre il nostro abbandono spirituale, bensì ciò che non riusciamo a fare affatto.

20 Settembre

Il recupero dall'amare troppo è per coloro che lo *vogliono*, non per coloro che ne *hanno bisogno*. La maggior parte delle donne *ha bisogno* di guarire da tutte le piccole e grandi ferite che infligge a sé e agli altri, forzando i problemi, cercando di gestire e controllare persone ed eventi, rifiutandosi di ammettere l'evidenza e sopravvalutando la propria forza di volontà. Poche donne però *vogliono* lavorare più su se stesse che sugli altri. Continuiamo così a cercare di cambiare ciò che ci è impossibile anziché ciò che potremmo.

21 Settembre

Ogni problema è un gradino che vi avvicina a Dio, progettato dalla vostra anima per destare la vostra attenzione.

Quando il recupero sarà diventato la priorità assoluta e sarà al centro dei nostri pensieri, al posto del nostro uomo, allora sarà il nostro io più alto a farsi avanti e a fare per noi ciò che non riusciamo a fare da soli.

Quando qualcosa o qualcuno non è esattamente come lo desideriamo, possiamo mantenere la calma o abbandonarci a un'orgia di emozioni.

Quando manteniamo la calma, facciamo affidamento sulla nostra dignità, irrobustiamo la nostra autostima e accresciamo la nostra serenità.

Continuare a brontolare, rimproverare, gridare, implorare, arrabbiarsi e minacciare ci lascia con i postumi di una sbornia, come ogni altra orgia.

La guarigione avviene attraverso una nuova presa di coscienza, un cambiamento del cuore.

La guarigione avviene quando perdoniamo, quando la vita e Dio perdonano.

La guarigione avviene quando rinunciamo alle nostre certezze su ciò che *dovrebbe* essere, e accettiamo e alla fine riusciamo persino ad apprezzare ciò che semplicemente *è*.

Qualsiasi malattia, qualsiasi ferita, qualsiasi esperienza di sofferenza alla fine serve a lavarci e purificarci.

Sebbene non sempre ci sia chiaro come ciò avvenga, se terremo a mente questo insegnamento, allora può darsi che inizieremo a capire, almeno in parte, come le nostre difficoltà ci possano essere d'aiuto.

26 Settembre

La malattia fisica può essere un indicatore dei nostri disagi psicologici. Ci ricorda che esiste un problema in attesa di essere risolto e fa sì che l'ignorarlo diventi abbastanza doloroso da attirare la nostra attenzione.

Proprio attraverso i sintomi che manifesta, il nostro corpo riesce a mettere in evidenza ciò che cerchiamo di ignorare.

Il disegno completo della vostra vita non può esservi già chiaro mentre siete ancora impegnate a viverlo.

Abbiate fiducia nel fatto che il disegno esiste e che è bello, e sappiate anche che più ci crederete più diventerà bello.

Ogni situazione critica che ci si presenta è un test, e così come noi progrediamo, anche i nostri test evolvono: da situazioni che mettono alla prova il nostro coraggio fisico a quelle che mettono alla prova il nostro coraggio morale, la nostra propria integrità, la nostra capacità di autoconoscenza.

Nessuno di questi test è facile ma, una volta superato, non ci toccherà mai più ripeterlo *allo stesso livello* di difficoltà.

Quando ci sembra di trovarci di fronte allo stesso test, vuol dire che non abbiamo ancora imparato la sua lezione o la stiamo imparando a un livello più profondo e impegnativo.

Ricordatevi che, sino a quando non cominceremo a migliorare, staremo sempre peggio, e sprofonderemo nel problema sino al collo, *con il risultato finale* di rassegnarci a una resa, costi quel che costi.

Ogni difficoltà pratica mette alla prova anche il nostro lato spirituale. Maggiore è la difficoltà, maggiore è la *potenziale* crescita spirituale.

1 Ottobre

Le nostre anime non ci lasciano scelte quanto a progettare le nostre esistenze. Sono a conoscenza delle esperienze di cui abbiamo bisogno e fanno in modo che noi stesse inconsciamente vi andiamo incontro.

Abbiamo però possibilità di scegliere come affrontare quelle stesse esperienze. Questo è lo spazio d'azione del libero arbitrio.

Cercherete, come fa l'alchimista che desidera trasformare il vile metallo in oro, di trovare ciò che vi è di prezioso tra le pieghe più desolate e sconfortanti della vostra vita?

Se cercherete, lo troverete lì, in attesa di essere scoperto in modo consapevole.

3 Ottobre

Molte, molte donne che amano troppo scoprono che questa ossessione per un'altra persona consuma, ogni giorno, il novanta per cento del loro potenziale in termini di pensieri, sentimenti, comportamento ed energie personali. Rimane solo un dieci per cento per fare fronte a *ogni altro* aspetto della vita.

A volte, afflitte dalla difficoltà e dalla disperazione, desideriamo un futuro migliore e, subito, condizioni più incoraggianti.

A ogni modo, per il nostro percorso spirituale, i nemici e le afflizioni sono prove necessarie con cui misurarci per sviluppare appieno le nostre potenzialità.

Alcuni genitori offrono ai loro figli i graditi doni di amore, sicurezza, comprensione e sostegno, mentre altri offrono condizioni e qualità di vita di gran lunga meno gradite e rassicuranti. Eppure, anche questi sono doni.

Forse nella vostra famiglia d'origine...

una madre distaccata e indifferente vi ha forzato ad abbandonare il nido e a contare sulle vostre forze, o...

un padre critico e incontentabile vi ha forzato, nel tentativo di guadagnarvi la sua approvazione, ad accettare sfide che non avreste altrimenti mai raccolto, fino a quando un giorno vi siete accorte delle cose straordinarie che avete compiuto, o...

un padre o una madre sottilmente crudeli vi hanno reso dolorosamente coscienti di quanto facilmente una parola, uno sguardo, o un gesto possano ferire, e come risultato oggi voi siete più consapevolmente pronte a compatire di quanto non lo sareste mai state in altre circostanze.

Pur essendo legittimo il rammarico per la vostra infanzia non esattamente ideale, dovete tuttavia riconoscere che condizioni e genitori men-che-perfetti possono anche aver contribuito alla maturità, allo sviluppo e alla capacità di comprensione su cui oggi potete contare.

Per sviluppare la vostra spiritualità c'è bisogno di *volontà*, non di fede.

Spesso con la volontà viene anche la fede.

Se non siete interessate alla fede, probabilmente non la troverete, ma tenendo il vostro spirito in esercizio, proverete più serenità di quanta non ne abbiate provata prima.

Che crediate in Dio o meno e, se ci credete, che siate o meno in confidenza con Lui, potete in ogni caso sviluppare la vostra spiritualità.

Cercate di scoprire quale attività vi fa sentire sereni e in pace, e dedicatele del tempo, almeno mezz'ora al giorno. Questo impegno può – e lo farà – procurarvi sollievo e conforto.

Se volete superare il trauma della rottura di un rapporto il più velocemente e il meno dolorosamente possibile, seguite questi consigli:

Ogni volta che lui vi ritorna in mente, pregate con la massima sincerità per il suo bene.

Punto e basta.

Cercate di non definire quale sia il suo bene, per esempio che maturi e si renda conto di quanto bene voi gli avete fatto, o che riesca a smettere di bere, o che lasci la sua fidanzata e torni da voi. Non siete in grado di sapere in cosa consista il suo bene; è Dio il solo a saperlo.

Anche se in passato vi ci sono voluti anni per superare questo tipo di trauma, sarete sorprese nel constatare i vostri rapidi miglioramenti, grazie a questo approccio.

Quando misuriamo la profondità del nostro amore dal grado della nostra sofferenza, vuol dire che stiamo amando troppo.

La cattiva notizia è: non ci sono scorciatoie che allontanano dal sentiero dell'amare troppo.

Se doveste decidervi davvero a cambiare, avrete bisogno, come del resto accade in tutti i cambiamenti di tipo terapeutico, di anni di lavoro e del vostro totale e incondizionato impegno.

La buona notizia è: se decidete di intraprendere la via della guarigione, da donna che ama qualcun altro così tanto da farsi male vi trasformerete in donna che ama se stessa abbastanza da far cessare il dolore.

11 Ottobre

Quando avete voglia di alzare il telefono per chiamare quell'uomo impossibile, state affrontando la stessa tentazione dell'alcolista che ha voglia di farsi un bicchiere.

Ogni persona si porta dentro un bisogno incredibilmente forte di lottare per attribuire un lieto fine persino alla più disastrosa delle storie sentimentali. In una donna che ama troppo, questo bisogno può essere pericoloso, persino letale.

Come donne che amano troppo, ci piace credere di essere in grado di avere un rapporto a due di profonda intimità, anche se il nostro partner non ne è all'altezza. A ogni modo, noi tutte tendiamo a sceglierci per partner persone che sono capaci di offrire lo stesso livello di intimità che offriamo noi.

Se il nostro partner non riesce a tollerare l'intimità, è probabile che sia la nostra identica incapacità il motivo per il quale stiamo insieme. Poiché l'essere davvero a stretto contatto può in effetti incutere spavento, è più facile per noi continuare a idealizzare questo tipo di rapporto piuttosto che sperimentarlo.

Per ironia della sorte, quando smettiamo di considerare un partner come "il problema", gradualmente ci è possibile raggiungere con lui un maggiore grado di intimità.

Dobbiamo sempre lavorare su noi stesse, cercando di cambiare i nostri cuori.

Quando leggete un libro di self-help e sottolineate tutti i passaggi che pensate possano aiutare *lui,* state amando troppo.

16 Ottobre

A volte, anche a distanza di tempo da quando abbiamo troncato una relazione, ci viene voglia di avere sue notizie: cosa fa, con chi esce (se esce con qualcuna) ecc.

Esiste una legge spirituale secondo la quale ciò che ci è dato di sapere ci verrà rivelato *senza sforzo alcuno da parte nostra*. Per quanto riguarda i tempi e le modalità di tali rivelazioni, faremmo bene a lasciar fare alla nostra anima.

Qualsiasi altra iniziativa sarebbe un voler forzare, il che è parte della nostra malattia.

È il sentirsi accettato *per quello che è* che mette un uomo in condizione di cambiare, *se è lui a prendere la decisione*.

18 Ottobre

La maggior parte di noi avrebbe la possibilità di essere di gran lunga più felice e soddisfatta di quanto non riusciamo a immaginare. Spesso non siamo felici perché pensiamo che il comportamento di *qualcun altro* ci impedisca di esserlo. Impegnate a manovrare e pilotare e manipolare gli altri, dimentichiamo di avere dei doveri nei confronti di noi stesse e ci arrabbiamo, ci scoraggiamo, ci deprimiamo quando i nostri tentativi falliscono. Cercare di cambiare qualcuno è frustrante e deprimente, al contrario impegnarsi in proprio per determinare cambiamenti nella nostra vita è stimolante.

Una donna che vive le proprie relazioni come “droga”, tenderà a rimuovere questo problema con lo stesso atteggiamento di assoluto rifiuto del tossicodipendente e opporrà la medesima resistenza e riluttanza nell’abbandonare il suo pensiero ossessivo e la forte carica emotiva che caratterizza il suo modo di interagire con gli uomini.

La malattia primaria della donna che ama troppo è la dipendenza dal dolore e l'abitudine a relazioni poco gratificanti. È vero che ciò deriva da schemi di comportamento ben radicati che risalgono all'infanzia, ma è pur vero che questa donna si *deve* confrontare innanzitutto con schemi di comportamento nuovi che le diano modo, nel presente, di iniziare il suo percorso di recupero. A prescindere da quanto sia sofferente, crudele o derelitto il suo partner, la donna che ama troppo deve rendersi conto che ogni singolo tentativo di far cambiare, aiutare, controllare o incolpare il suo uomo è una manifestazione della propria malattia, e deve abbandonare questi comportamenti se vuole migliorare altre dimensioni della sua vita. L'unico tipo di lavoro legittimo è quello su di sé.

21 Ottobre

Capita che troviate ben poco da dire una volta che tutti i raggiri, le discussioni, le minacce, i litigi e le riconciliazioni sono finiti. Ciò avviene perché, per tutto questo tempo, voi non avete avuto una relazione con l'uomo che è in realtà ma con l'uomo che voi pensavate lui potesse e dovesse diventare con il vostro aiuto.

22 Ottobre

Una delle implicazioni quando smettete di controllare e dirigere gli altri è che dovete rinunciare alla vostra immagine di "persona utile", ma per ironia della sorte la decisione di non curarvene più è spesso la sola iniziativa davvero utile che possiate prendere nei confronti della persona che amate. L'immagine di "persona utile" è una trappola dell'ego. Se veramente volete essere utili, lasciate perdere i suoi problemi e aiutate voi stesse.

Se vi ritrovate coinvolte in una sequenza infinita di recriminazioni, rifiuti, accuse e controaccuse, fermatevi. Rinunciate a tentare di condizionare la situazione secondo i vostri desideri essendo accattivanti, indignate o indifese. Smettetela di aver bisogno di vittorie. Smettetela persino di sentire il bisogno di combattere o di richiedergli una motivazione o una giustificazione per il suo comportamento o le sue mancanze. Smettetela di aver bisogno che lui sia sufficientemente pentito.

24 Ottobre

Molte di noi donne che amiamo troppo abbiamo l'abitudine di incolpare gli altri per l'infelicità delle nostre vite, rifiutandoci di ammettere le nostre colpe e le nostre scelte. Questo è uno stile di vita che seduce in modo insidioso e che deve essere estirpato ed eliminato; il modo per riuscirci è fare un buon, severo e onesto esame di coscienza. Solamente riconoscendo i nostri problemi e le nostre colpe (e anche le nostre qualità e i nostri successi) come *nostri*, piuttosto che addebitandoli in qualche misura agli altri, possiamo avviarci sulla strada del cambiamento di ciò che è necessario.

Siate disposte a provare almeno un'attività nuova di zecca alla settimana. Considerate la vita come un buffet e provate tantissime esperienze diverse, in modo da scoprire cosa vi piace davvero.

Coltivare qualunque cosa abbia bisogno di essere sviluppata in voi non vuol dire aspettare che lui cambi prima di riconciliarvi con la vita. Invece di fare programmi che dipendono dalla sua collaborazione, comportatevi come se non aveste nessuno su cui fare affidamento a parte voi stesse. Pensate come ve la cavereste se nemmeno lo conosceste. Quando non dipenderete più da lui e giocherete tutte le altre vostre carte, scoprirete che ci sono molti modi interessanti per far sì che la vita vi sorrida.

Quando non vi piace la maggior parte delle sue caratteristiche, dei suoi valori, dei suoi comportamenti di fondo ma chiudete un occhio pensando che, se lui vi considererà abbastanza attraenti e degne di amore, cambierà per voi, vuol dire che state amando troppo.

28 Ottobre

Ogni relazione significativa ha un'esistenza propria e uno scopo nascosto del quale non siamo a conoscenza. In realtà tutte le relazioni esistono per motivi diversi rispetto a quelli che noi ipotizziamo a livello sia individuale sia collettivo, come società. Il loro vero scopo *non* è quello di renderci felici, *non* è quello di rispondere ai nostri bisogni, *non* è quello di definire noi o il nostro ruolo nella società, *non* è quello di metterci al sicuro... ma quello di svegliarci e farci crescere.

Svegliarsi non è piacevole e crescere è faticoso. Nessuna meraviglia dunque che per compiere un lavoro così duro sia necessario qualcosa di tanto impegnativo quanto una relazione.

Quando le nostre relazioni mettono a rischio il nostro benessere emotivo e persino la nostra salute e integrità fisica, decisamente stiamo amando troppo.

Se avete mai sofferto di un rapporto ossessivo con un uomo, vi sarà capitato di sospettare che la radice di quell'ossessione non fosse l'amore ma la paura. Noi che amiamo ossessivamente siamo piene di paure: paura di essere sola, paura di non essere degna di essere amata, paura di essere ignorata, abbandonata o distrutta. Diamo il nostro amore nella disperata speranza che l'uomo oggetto della nostra ossessione ci rassicuri delle nostre paure. Al contrario, le paure – e le ossessioni – aumentano fino a quando amare allo scopo di essere riamate diventa per noi una forza direttiva della nostra vita. Poiché la nostra strategia non funziona, proviamo ad amare sempre di più. In poche parole, amiamo troppo.

Il processo di recupero non è una porta che si chiude su vecchie abitudini di vita, ma una porta da spalancare ogni giorno per accedere a un'esperienza di vita più completa.

Alcuni uomini soffrono di dipendenza relazionale allo stesso modo delle donne, e i loro sentimenti e comportamenti derivano dallo stesso tipo di dinamiche e di esperienze infantili. A ogni modo, la maggior parte degli uomini che sono stati feriti durante l'infanzia cercano di proteggere se stessi e sfuggono il loro dolore dedicandosi ad attività più rivolte all'esterno che all'interno, più impersonali che personali. Gli uomini tendono a trasferire le proprie ossessioni sul lavoro, sullo sport o sugli hobby, le donne no. Al contrario, le donne tendono a focalizzare intensamente la propria ossessione su una relazione, forse proprio con un uomo poco coinvolto e tanto ferito quanto lei.

Noi tutte tendiamo a rimuovere ciò che è troppo doloroso da accettare o troppo spaventoso da immaginare.

È una delle ironie della vita che noi donne riusciamo così bene a immedesimarci e comprendere il dolore degli altri e rimaniamo così cieche nei confronti (e a causa) del dolore che ci appartiene.

Smettete di dedicare le vostre amorevoli cure al rapporto ossessivo con un uomo e rivolgetele piuttosto alla vostra guarigione e alla vostra vita.

Amare troppo è uno schema di comportamento che avete imparato presto e seguito bene; abbandonarlo vi costerà paura e sofferenza e sarà una sfida continua.

6 Novembre

Il nostro corpo *non può mentire*. Quindi è un indicatore significativo di ciò che *realmente* proviamo. A ogni modo, per alcune di noi, essere a disagio è stato così a lungo una condizione di vita abituale che neppure ci rendiamo conto, fino a quando non ci riprendiamo, di cosa significhi vivere senza nodi allo stomaco.

Non appena stiamo un po' meglio e avvertiamo la differenza, è probabile che riusciremo a evitare di agire e comportarci in modo da provare nuovamente quelle sgradevoli sensazioni.

Amare troppo non significa amare troppi uomini o innamorarsi troppo spesso o provare un sentimento troppo profondo di vero amore nei confronti di un'altra persona. In realtà, significa avere un'ossessione nei confronti di un uomo e chiamare questa ossessione amore.

8 Novembre

Ciò che tutte le relazioni morbose hanno in comune è l'incapacità dei partner di discutere problemi *di fondo*. Magari si discutono altri problemi, talora fino alla nausea, ma questi spesso coprono i segreti soggiacenti che minano la relazione. È il grado di incomunicabilità, l'incapacità di parlare di questi problemi di fondo, piuttosto che la loro gravità a determinare sia il deterioramento del rapporto, sia l'entità dei danni psicologici alle persone coinvolte.

L'attrazione che proviamo per gli uomini che ci appaiono bisognosi d'aiuto si spiega se consideriamo che alla base di questo fatto c'è il nostro desiderio di essere amate e aiutate.

Se tra le cose che fate per lui è compreso:
- comprargli vestiti per migliorare l'immagine che ha di sé;
- trovargli un terapista e pregarlo di andarci;
- finanziargli hobby costosi per aiutarlo a gestire meglio il suo tempo libero;
- andare incontro a traslochi e spostamenti incredibili perché "lui non è contento qui";
- cedergli metà o tutti i vostri beni per non farlo sentire inferiore;
- fornirgli un posto dove vivere in modo che si senta sicuro;
- permettergli di maltrattarvi emotivamente perché "non ha mai avuto la possibilità di esprimere i suoi sentimenti in passato";
- trovargli un lavoro;

allora *sicuramente* state amando troppo.

Se avessimo una relazione con uomini che impersonano il nostro ideale, quale sarebbe a quel punto il nostro ruolo? Tutto quel talento (e quella coazione) che ci porta ad aiutare rimarrebbe senza sfogo. Una grande parte della nostra personalità si troverebbe disoccupata. Per questo motivo, ci scegliamo uomini che non sono il nostro ideale, e continuiamo a sognare.

12 Novembre

Le relazioni fortemente morbose hanno per noi la stessa funzione di droghe molto potenti. I loro drammatici alti e bassi movimentano in modo egualmente potente la nostra vita e i nostri sentimenti. Senza uomini difficili di cui occuparci andiamo in astinenza, spesso con molti dei sintomi fisici ed emotivi che si manifestano nell'effettiva astinenza da droga: nausea, sudorazione, brividi, tremori, battito accelerato, ossessioni, depressione, insonnia, panico e attacchi d'ansia. Nel tentativo di alleviare questi sintomi, torniamo ai nostri vecchi partner o ne cerchiamo disperatamente di nuovi.

Tutte le donne che amano troppo si portano dietro il carico di esperienze emotive che le potrebbe spingere a fare abuso di psicofarmaci per sfuggire ai propri sentimenti. Di contro, anche i figli di genitori farmaco-dipendenti tendono a ereditare una predisposizione genetica all'abuso di tali sostanze.

Qualsiasi dipendenza da farmaco deve essere curata *anzitutto*, prima di curare quella da relazione, poiché l'uso di psicofarmaci rende impossibile la guarigione da altri tipi di dipendenza, comprese tutte le nostre varietà preferite dell'amare troppo.

14 Novembre

Quando voi scusate i suoi malumori, il suo cattivo carattere, l'indifferenza e gli sgarbi, poiché li considerate frutto della sua infanzia infelice e cercate di diventare la sua terapista, vuol dire che state amando troppo.

Troviamo eccitanti gli uomini poco fedeli, stimolanti quelli di cui non ci si può fidare, romantici quelli imprevedibili, affascinanti quelli immaturi, misteriosi quelli lunatici. L'uomo irascibile ha bisogno della nostra comprensione. L'uomo infelice ha bisogno del nostro conforto. L'uomo incapace ha bisogno del nostro incoraggiamento e l'uomo freddo del nostro calore. Ma non possiamo "mettere a posto" un uomo che va bene esattamente così com'è.

Noi tutte abbiamo forti reazioni emotive davanti a parole come *alcolismo*, *incesto*, *violenza* e *dipendenza*, e a volte non riusciamo a considerare realisticamente le nostre esistenze perché abbiamo paura di essere bollate, insieme alle persone che amiamo, in questi termini. Sfortunatamente la nostra incapacità a usare queste parole quando in effetti sarebbero appropriate, spesso ci preclude la possibilità di ricevere l'aiuto necessario.

Caparbietà significa ritenere di essere in grado, da sole, di trovare tutte le risposte. Rinunciare a questa ostinata convinzione significa decidere di mantenere la calma, essere disposte a farsi guidare e attendere di essere guidate.

Quando amiamo troppo, ogni incontro sessuale porta con sé tutti i nostri sforzi per far cambiare quell'uomo. Attraverso ogni bacio e ogni carezza cerchiamo di comunicargli quanto sia speciale e meritevole, quanta ammirazione e gioia susciti in noi. Siamo sicure che, una volta convinto del nostro amore, si trasformerà nel suo vero io, dando vita all'uomo che noi desideriamo, e abbiamo bisogno, che lui sia.

Alla base di tutti i nostri sforzi per cambiare qualcun altro c'è una ragione fondamentalmente egoistica: ritenere che il suo cambiamento ci renderà felici. Non c'è nulla di male nel voler essere felici, ma porre la fonte della nostra felicità al di fuori di noi, nelle mani di qualcun altro, significa non ritenersi in grado di migliorare la propria esistenza e rifiutare di assumersi le proprie responsabilità in tal senso.

Ciò che manifestiamo esteriormente con i nostri comportamenti è un riflesso di ciò che proviamo dentro di noi: le nostre convinzioni su quanto valiamo, sul nostro diritto a essere felici, su ciò che meritiamo dalla vita. Quando queste convinzioni cambiano, cambia anche la nostra vita.

Imparate a riconoscere che cosa è la realtà e lasciate che si manifesti, senza bisogno di cambiarla. Da ciò nasce la felicità che non deriva dal manipolare gli altri o le condizioni esterne, ma dallo svilupparsi di una pace interiore, persino in presenza di difficoltà e problemi.

22 Novembre

Nella nostra vita non *esistono* errori ma soltanto lezioni, quindi uscite allo scoperto e mettetevi nelle condizioni d'imparare ciò che la vita vuole insegnarvi.

Quando rinunciate a prendervela con gli altri e iniziate ad assumervi la responsabilità delle scelte, vi si aprono tutte le possibilità che vi erano precluse quando vi consideravate vittime degli altri. Ciò vi spinge a tentare di cambiare quelle abitudini o comportamenti che non fanno al caso vostro o che non sono più soddisfacenti o gratificanti, ad abbandonare sentieri che sono diventati troppo stretti per voi e a intraprendere percorsi e progetti nuovi.

Accade spesso che persone affette da dipendenza tendano a fare coppia con persone altrettanto dipendenti. A quel punto ognuno tenta di controllare il problema dell'altro.

Prendete l'abitudine di esercitarvi ogni giorno in due cose che non volete fare, in modo da forzare voi stesse e incentivare la capacità di riflettere sulla vostra identità e sulle vostre capacità.

Nel loro stadio iniziale, sia l'alcolismo che l'amare troppo sono malattie subdole. Quando diventa chiaro che si tratta di qualcosa di molto grave, la tentazione è quella di considerare e curare le manifestazioni fisiche (il fegato o il pancreas nell'alcolista, i nervi o l'alta pressione nella donna affetta da dipendenza relazionale) senza valutare attentamente l'intero quadro clinico. È invece essenziale considerare questi "sintomi" nel contesto generale delle malattie che li hanno causati e riconoscere l'esistenza di queste malattie il più presto possibile, per poter contrastare la distruzione progressiva della salute psicofisica.

Imparate a farvi regali. Regalatevi tempo, attenzioni. Dobbiamo imparare che noi stesse siamo in grado di offrirci una vita serena e piacevole.

Se esitate a investire tempo e denaro nel vostro recupero, perché vi sembrano sprecati, considerate quanto tempo e quanto denaro avete impiegato nel cercare di lenire il dolore causatovi da una relazione infelice o dalla sua interruzione. Il bere, l'uso di droghe, il mangiare troppo, i viaggi per evadere di tanto in tanto, la sostituzione di oggetti (sia suoi che vostri) rotti in accessi di rabbia, il saltare l'ufficio, le lunghe telefonate interurbane a lui o a qualcuno che voi sperate possa capirvi, i regali fatti a lui per compensare, quelli fatti a voi stesse per aiutarvi a dimenticare, i giorni e le notti impiegati a piangere su di lui, trascurando la vostra salute al punto di ammalarvi seriamente: la lista dei modi in cui avete speso tempo e denaro a causa dell'amare troppo è probabilmente abbastanza lunga da farvi sentire a disagio se la considerate onestamente. Il processo di recupero richiede che voi siate disposte a investire altrettante risorse nello stare bene. Come investimento, vi garantisce dividendi gratificanti.

Acquisiamo la nostra identità grazie a ciò che facciamo per noi stesse e al modo in cui sviluppiamo le nostre capacità. Se tutti i vostri sforzi sono indirizzati ad aiutare gli altri a crescere, siete destinate a sentirvi vuote. Iniziate adesso a coltivare e sviluppare le vostre capacità.

Sviluppare la vostra spiritualità significa innanzitutto *non essere più tanto caparbie* nel voler costringere il mondo a girare a modo vostro. Al contrario, dovete accettare il fatto che voi possiate anche non sapere quale sia la soluzione migliore per voi o per un'altra persona in una data situazione.

Un uomo spensierato e irresponsabile può essere piacevole in compagnia, ma perde il suo fascino in una prospettiva di relazione stabile. Fino a quando non vi autorizzerete a essere più leggere e libere, avrete sempre bisogno di lui come fonte di gioco e divertimento nella vostra vita.

2 Dicembre

Sviluppando la vostra spiritualità, entrerete in possesso di strumenti per trovare conforto, che non prevedono da parte vostra la manipolazione di qualcuno per dirigerlo o trasformarlo secondo i vostri desideri. Nessuno ha il dovere di cambiare solo per farvi stare meglio. Dal momento in cui sarete in grado di accedere alle vostre risorse spirituali, la vostra vita e felicità sarà meno soggetta alle azioni degli altri e passerà sotto il vostro diretto controllo.

Minore è la dipendenza dal partner, migliore la vostra qualità come partner, e più equilibrati i partner che vi si accosteranno e da cui vi sentirete attratte.

4 Dicembre

I cambiamenti che state apportando alla vostra vita richiedono che cambino anche le persone che vi stanno accanto, le quali naturalmente faranno resistenza. Ma, se voi non cederete alle loro proteste, durerà poco. Si tratterà semplicemente di un tentativo per riportarvi al vostro vecchio, altruistico comportamento, perché voi facciate per loro quel che essi potrebbero e dovrebbero fare da soli.

5 Dicembre

Dovete ascoltare attentamente la vostra voce interiore riguardo a cosa è bene e cosa è giusto per voi, e poi seguirla. Questo è il modo per sviluppare un sano egoismo, dando ascolto ai vostri stessi segnali. Sinora, probabilmente siete state brave quasi come un medium nell'interpretare al volo i segnali altrui su come desideravano che voi vi comportaste. Non prestatevi più attenzione, altrimenti continueranno a interferire con i vostri.

6 Dicembre

Lo staccarsi, cosa che è essenziale per il vostro recupero, richiede che liberiate il vostro ego dai sentimenti del vostro uomo e soprattutto dalle sue azioni e dai loro risultati. È necessario che gli lasciate affrontare le conseguenze del suo comportamento e che non gli risparmiate *alcuna* delle sue sofferenze. Potete continuare a *interessarvi* di lui ma non *fatevi carico* di lui. Gli permetterete di trovare la sua strada, proprio come voi state faticosamente trovando la vostra.

Imparate a riconoscere che il vostro valore è grande, rendetevi conto che le vostre doti meritano di essere espresse, che la vostra realizzazione è importante come quella di chiunque altro e che il regalo più grande che voi possiate fare al mondo in generale e in particolare a quelli che vi sono più vicini è il vostro io migliore.

8 Dicembre

Quando siete davvero pronte a rinunciare alla gestione e al controllo del vostro uomo, dovete anche smetterla di lodarlo e incoraggiarlo. Perché? Perché sinora per l'appunto avete utilizzato lode e incoraggiamento per cercare di fargli fare quello che volevate e quindi questi vanno considerati tra i vostri strumenti di manipolazione. Lodare e incoraggiare non sono poi molto distanti dal forzare e, quando voi forzate, state di nuovo cercando di prendere in mano la sua esistenza. Domandatevi il motivo per il quale lodate ciò che lui ha fatto. È per aiutarlo a innalzare la sua autostima? Questa è manipolazione. È per rinforzare quel particolare comportamento che voi state lodando? Questa è manipolazione. È per fargli sapere quanto siete orgogliose di lui? Questo potrebbe caricarlo di responsabilità pesanti da portare. Lasciate che sia lui a sviluppare il proprio orgoglio per i suoi risultati. Altrimenti, vi avvicinerete pericolosamente al ruolo di madre nei suoi confronti. Ricordatevi che non ha bisogno di una nuova madre (non importa quanto sia stata inadeguata la sua) e, cosa ancora più importante, voi non avete alcun bisogno che lui vi faccia da figlio.

Quando imparerete meglio a prendervi cura di voi stesse, potreste scoprire di aver vicino qualcuno che si prende cura di voi. Mano a mano che diventiamo più equilibrate e più sane, attiriamo partner più sani e più equilibrati. Quando diventiamo meno bisognose di affetto, molti dei nostri bisogni affettivi vengono soddisfatti. Quando rinunciamo al ruolo di super balia, lasciamo spazio a qualcuno per accudirci.

10 Dicembre

Il recupero dall'amare troppo si divide in diverse fasi. La prima fase inizia quando ci rendiamo conto di ciò che stiamo facendo e desideriamo riuscire a smettere. Quindi viene il desiderio di farci aiutare, seguito dal primo reale tentativo di assicurarci l'aiuto. Dopo di ciò, entriamo nella fase di recupero che richiede il nostro impegno per la guarigione e la nostra determinazione a continuare il programma di recupero. In questo periodo, iniziamo a cambiare modo di agire, pensare e sentire. Ciò che prima ci sembrava familiare e normale ora inizia ad apparirci scomodo e malsano. Entriamo nella fase successiva quando iniziamo a fare scelte che non rispecchiano più i vecchi schemi di comportamento, ma ci fanno fare un passo avanti in direzione del nostro benessere psicofisico. Durante tutte le fasi del recupero, l'amore per noi stesse cresce lentamente, ma in modo costante. Per prima cosa, smettiamo di odiarci, poi diventiamo più tolleranti nei nostri confronti. In seguito, prende a germogliare la stima per le nostre buone qualità e poi sboccia l'accettazione di sé che, infine, si trasforma in vero amore per se stesse.

Non si è mai troppo intelligenti, troppo belle, troppo affascinanti, troppo ben educate, troppo ricche, troppo istruite, troppo dotate o troppo di successo per amare troppo.

Nessuna di queste condizioni ci libera del tutto o in parte dal rischio di contrarre una dipendenza relazionale o, se è per questo, da qualsiasi altra forma di dipendenza.

12 Dicembre

Durante il recupero dall'amare troppo, cambiamo modo di relazionarci con i nostri genitori e con i nostri figli. Con i nostri genitori diventiamo meno dipendenti e meno astiosi e spesso anche meno bisognosi di gratificazioni. Diventiamo molto più onesti, spesso più tolleranti e a volte amiamo in modo più sincero. Con i nostri figli diventiamo meno asfissianti, meno ansiosi e tendiamo a colpevolizzarci meno. Viviamo il nostro rapporto con i figli in modo più rilassato e ce li godiamo di più, proprio perché noi stesse siamo più rilassate e più in grado di godere. Come noi ci sentiamo più libere di assecondare i nostri interessi e bisogni, così anche loro si sentono liberi di fare la stessa cosa.

Quando riusciamo a smettere di amare troppo, gli amici che prima riuscivamo a commiserare per ore e ore ci appaiono ossessionati e malsani. L'infelicità reciproca che prima sceglievamo come criterio per iniziare un'amicizia viene sostituita da più gratificanti interessi reciproci. Di conseguenza, ciò che spesso accade durante il nostro recupero è che, oltre a cambiare i nostri schemi di comportamento relazionale, cambiamo anche cerchio di amicizie.

14 Dicembre

Anche se una volta guarite saremo pienamente estroverse, disponibili e sinceramente affettuose, ci saranno sempre persone la cui rabbia, ostilità e aggressività ci inibiranno dal mostrare le nostre nuove buone qualità in loro presenza. Esporsi non protette ai loro attacchi significa essere masochisti. Dovremo quindi abbassare le nostre difese e infine eliminarle solamente con quelle persone – amici, parenti o amanti – con le quali abbiamo un rapporto basato su fiducia, amore, considerazione e profondo rispetto per la nostra condivisa, fragile condizione umana.

Se tutto ciò che abbiamo fatto sinora avesse davvero funzionato, non avremmo bisogno di guarire.

16 Dicembre

Non abbiamo niente da perdere nell'intraprendere la via del recupero. Stiamo già sopportando pericolosi livelli di sofferenza, senza alcuna prospettiva di sollievo a meno che non cambiamo. Ciò che ci trattiene è la paura, paura dell'ignoto.

Non lasciate che la paura di allontanarvi da tutto ciò che avete da sempre conosciuto, fatto e vissuto vi impedisca di trasformarvi in una persona migliore, più sana e più disponibile all'amore.

Il recupero inizia quando decidiamo di rivolgere l'energia e gli sforzi, che prima impiegavamo nel praticare la nostra dipendenza, a ricercare la nostra guarigione.

Se amiamo troppo, gli uomini verso i quali saremo attratte saranno probabilmente uomini che hanno dei problemi. Non pensate che debbano necessariamente essere senza una lira o gravemente malati. Forse sono semplicemente incapaci di relazionarsi in modo corretto con gli altri, o sono freddi e distaccati, o testardi o egoisti, o scontrosi o malinconici. Forse sono un po' selvaggi e irresponsabili, o incapaci di assumersi impegni o di essere fedeli. O magari ci dicono che non sono mai stati in grado di amare qualcuno. A seconda del nostro background, potremo rispondere ai diversi tipi di carenze. Di sicuro però risponderemo, nell'assoluta certezza che questi uomini abbiano bisogno del nostro aiuto, della nostra compassione e della nostra saggezza per migliorare le loro esistenze.

Quando la maggior parte delle nostre conversazioni con gli amici più cari sono centrate su di lui, sui suoi problemi, i suoi pensieri, i suoi sentimenti e quasi tutte le nostre frasi cominciano con "lui...", vuol dire che stiamo amando troppo.

Se qualcosa non va bene per noi, in realtà non va bene per nessun altro.

21 Dicembre

Quando ci sentiamo sole e sperdute, desideriamo con tutto il cuore non una compagnia qualsiasi, ma la compagnia di persone simili a noi. Ecco perché le fonti di guarigione più efficaci e profonde sono costituite da gruppi di persone impegnate a confrontarsi con sincerità su problemi comuni, gruppi che si gestiscono da soli, secondo semplici linee guida e principi spirituali.

22 Dicembre

Lasciare che qualcuno che ci sta a cuore soffra le naturali conseguenze del suo comportamento, e da queste tragga insegnamento, è una forma sublimata di amore.

Considerate che, per chi soffre di dipendenza relazionale, le sbandate sono inevitabili e all'inizio sono così frequenti da scoraggiare. Ogni giorno trascorso senza cadere nella dipendenza è un dono inestimabile e uno splendido risultato.

24 Dicembre

Dopo aver iniziato ad accettarci e apprezzarci sempre più, siamo pronte a impegnarci in modo consapevole a essere semplicemente noi stesse, senza sforzarci di piacere, senza recitare in modo da ottenere l'amore e l'approvazione da parte di qualcuno. Tuttavia una sensazione di disagio e di grande vulnerabilità ci assale proprio quando ci limitiamo a *essere* piuttosto che a *fare*. Interrompere la nostra recita all'inizio ci paralizza. Con il passare del tempo, i nostri *spontanei* impulsi affettivi hanno la possibilità di essere percepiti, ascoltati e riescono infine a esprimersi.

Per iniziare concretamente il percorso di recupero, anzitutto imparate a *mantenere* la calma.

Poi imparate a *essere* calme.

Quando riuscirete a percepire, sentire e conoscere la *calma*, allora riuscirete a percepire, sentire e conoscere Dio.

Lo humour è uno dei principali segni distintivi della guarigione. Quando troviamo divertenti quegli stessi aspetti della nostra vita che prima ci facevano piangere, arrabbiare o disperare, siamo finalmente ben avviate verso un approccio alla vita più sano.

Nel nostro caso è probabilmente vero che una reale guarigione ha bisogno di humour e che un vero humour ha bisogno della guarigione.

27 Dicembre

Quando vi assumete le vostre responsabilità, anche per quanto riguarda la vostra felicità, sollevate i figli che, come sempre accade, si sono sentiti colpevoli e responsabili della vostra infelicità. Un figlio non può mai sperare di pareggiare i conti o ripagare il debito quando una madre ha sacrificato la propria vita, la felicità e la realizzazione personale per lui o la famiglia. Avere l'esempio di un genitore che abbraccia pienamente la vita dà al figlio la possibilità di fare lo stesso, proprio come avere l'esempio di un genitore che soffre porta il figlio a ritenere che la vita non sia altro che sofferenza.

Il recupero esige un cambiamento da parte vostra, ma se vi sforzerete troppo di cambiare troppe cose troppo in fretta, molto probabilmente non riuscirete mai a cambiare affatto.

Quando pregate di ricevere aiuto per cambiare, pregate anche di ricevere la pazienza necessaria per attendere che i mutamenti avvengano.

Le esperienze che facciamo durante la nostra esistenza possono essere accettate con gioia o con dolore, ma se realmente siano per noi un bene o un male si può giudicare solo nel tempo.

Sebbene tutte le donne che leggono questo libro abbiano probabilmente la stessa tendenza ad amare troppo, ognuna di noi ha tuttavia il suo modo personale di farlo.

Per scoprire indizi sul vostro personale stile, riflettete sui temi ricorrenti nei vostri romanzi, film, canzoni, poesie e fiabe ecc. preferiti. Considerati nel loro insieme, quasi certamente vi faranno intuire qualcosa su come vi muovete nell'arte di vivere e amare – troppo.

Se davvero siete sulla via del recupero dall'amare troppo, sappiate di essere un miracolo.

Indice